小学館文庫

AFTER 1

アナ・トッド
飯原裕美 訳

小学館

Published by arrangement with the original publisher,
Gallery Books, a Division of Simon & Schuster, Inc.
through Japan UNI Agency, Inc., Tokyo

AFTER

登　場　人　物

テッサ	WCUの新入生　まじめな文学少女
ハーディン	WCUの二年生　イギリス出身
ランドン	テッサと同じ文学専攻
ノア	テッサのボーイフレンド　一学年下（まだ高校生）
テッサの母	女手ひとつでテッサを育ててきた
ケン	ハーディンの父
カレン	ランドンの母　ケンと交際している
ステフ	テッサのルームメイト　WCUの二年生
モリー	ハーディンのセフレのひとり ピンクの髪をしている
トリスタン	ハーディンとつるんでいる仲間 ステフのボーイフレンド
ゼッド	ハーディンとつるんでいる仲間 テッサに好意を寄せている

大学は、あなたの人生を大きく左右する。あなたという人間の価値をはかり、そして将来を決定する。ラストネームより先に、どこの大学に行っていたのかと尋ねられるご時世だ。わたしは、ちゃんと勉強するよう言われて育ってきた。強迫観念にも近い〝こだわり〟を通しながら、長い時間かけて予習する中高生時代を過ごした。高校生活の最初の日から、大学に入ることを目的に、選択科目や課題の内容を決めてきた。大学といっても、どこでもいいわけではない――母のなかでは、わたしが入るのはWCU――ワシントン・セントラル大学と決まっていた。母自身が入学したものの、卒業できなかった大学だ。

大学生活には勉強以外の面があれほどあるとは、想像もしていなかった。入学して二カ月もしないうちに、どの選択科目を取ろうがどうでもよくなってしまうなんて。あのころのわたしは世間知らずだった。ある意味、いまもそうなのかもしれないけど、どんな将来が待ち受けているか、知りようもなかった。寮のルームメイトは強烈すぎて、最初からうまくやれそうになかったし、彼女の自由すぎる友人たちとの出会いは最悪だった。高校時代の知り合いなら絶対しないような服装や髪型に圧倒され、ルールや決まりなんてくそくらえという態度に困惑させられた。なのに、いつのまにか彼らのおかしな行動に巻きこまれ、そのうち自分から身を任せていき……

そんなとき、彼がわたしのハートに忍びこんできた。

出会ったその瞬間に、ハーディンはわたしの人生を一変させた。大学進学のためのオリエンテーションなど役に立たなかった。中高生のころに見ていた映画そのものの生活が繰り広げられ、くだらない会話が現実のものとなった。その後どんなことが待ちうけているかわかっていたら、わたしは違う道を選んでいただろうか？　いま考えてみてもわからない。そのときどきの情熱に溺れて判断力も鈍り、彼のことしか見えていなかったのは不幸中の幸いだった。とはいえ、彼がわたしの心にもたらした痛みや、それまでの自分を失って胸にぽっかり穴が開いたような感覚、そして、わたしを取り巻く世界が崩れさったことを思い返すと、はっきりとした答えは出せない。

でも、確かなことがひとつある、ハーディンがいきなり現れたあの日を境に、わたしの人生も心もすっかり様変わりしてしまったのだ。

1章

　もうすぐ目覚まし時計が鳴る。ゆうべはうつらうつらとしか眠れなかった。寝返りをうちながら天井タイルの目地を数え、きょうのスケジュールの最終確認をしていた。ほかの人が羊を数えるところ、わたしは計画を立てる。やめたくても、脳が許してくれない。それは、十八年間の人生でもっとも大切な今日という日も例外ではなかった。

「テッサ！」階下《した》から母がわたしを呼ぶ声がする。うめき声とともに狭いベッドから起き出て、わざと時間をかけて、ベッドのシーツの隅をきっちりたくしこむ。だって、毎朝のこの儀式をするのはこれが最後だから。明日になれば、ここはわたしの部屋ではなくなる。

「テッサ！」また、母の声。

「起きてる！」と大声で返事をする。キャビネットの扉を開け閉めする音で、母も落ち着かないのがわかる。胃のあたりが締めつけられるのを感じながらシャワーの準備を急ぎ、どきどきが収まるよう祈る。

　この数年間、不安や期待とともに今日という日を心待ちにしてきた。週末ごとに街に出ては酔っぱらってトラブルに巻きこまれる同級生たちを横目に、わたしはひたすら勉強してきた。テレビショッピングの番組を見ながら美容グッズを物色する母のそばで、教科書とずっとにらめっこしてきたのだ。

ワシントン・セントラル大学から合格通知がきた日は、ほんとうにうれしかった――母は感激して何時間も泣いていたし、これまでの猛勉強が報われて、わたしも自分を誇らしく思った。一校しか受けなかったので、出願料の無駄もなかった。さらには低所得世帯向けの給付型奨学金をもらえたので、返済が必要な貸与型奨学金は最低限に抑えることができた。州外の大学へ行こうかと考えたこともあったが、そうほのめかしただけで、母の顔が真っ青になったので、ちょっと言ってみただけだとなだめなければならなかった。

シャワーのしぶきのなかに入った瞬間、がちがちになっていた体がすこしずつほぐれていく。熱いお湯を浴びて気持ちを静めようとしたが、ぼんやり立っているうちに時間が過ぎていき、ひざ下のむだ毛を剃ろうとするころには、給湯器のお湯もなくなりかけていた。

シャワーから出て体にタオルを巻いていると、母にまた呼ばれた。キャンパスにたどり着くまで、母も落ち着かないのだろう。でも、わたしは時間をかけて髪を乾かした。もう何カ月も前から、この日のことはプランニングしてきた。焦るのは母ひとりでいい。わたしはただ、自分の計画に従うまでのことだ。

とはいえ、心の底では緊張しているのだろうか。ワンピースのファスナーをあげようとしてもうまくいかなかった。わたしはなんでもかまわなかったけど、これを着るようにと母が言ってきかなかったワンピースだ。ようやくファスナーをあげて、お気に入りのセーターを羽織る。着替えがすんで気持ちも落ち着いたと思った瞬間、袖の小さな虫食い穴に気づいてしまった。わたしはセーターをベッドに放って靴を履いた。これ以上時間をロスしたら、母のいらいらが募るばかりだ。

ボーイフレンドのノアも、いっしょにキャンパスへ行くことになっていた。学年はひとつ下だけど、もうすぐ十八歳になるノア。頭がよくて、成績はわたしと同じオールA。来年には彼もWCUに進学する予定だ。大学には誰も知り合いがいないことを思うと、いっしょに進学してほしかったけど、できるだけ遊びに来ると言ってくれたので、よしとしよう。あとは、ルームメイトがまともなら万々歳だ。これればかりは、計画どおりにいくとは限らないから。

「テレーサ!」

「いま下りていく。大声で呼ばないで!」階段を下りながら、わたしも叫んだ。ノアはテーブルで母の向かいに座り、腕時計を見ていた。青いポロシャツが瞳の色に合っていて、ブロンドの髪をジェルで固めた姿も完璧だ。

「やあ、カレッジ・ガール」彼はきれいな歯並びを見せてほほ笑みながら立ちあがり、わたしを引き寄せてぎゅっとハグした。つけすぎのコロンに息が詰まりそうになる。彼もこの点に関しては、ほどほどということを知らないらしい。

「おはよう」緊張を隠すためにわたしもにっこり笑い、ダーティーブロンドの髪をポニーテールにまとめようと引っぱった。

「待っててあげるから、ちゃんと整えなさい」母が落ち着いた声で言う。

わたしはうなずいた。大学生活の最初の日なんだから、見苦しくない髪型にしなくては。母はそういう点をきっちり指摘する人だ。お別れの印に、母の好きだというカールヘアにすればよかった。

「車に荷物を積んでおくよ」ノアは母に手を差しだし、車のキーを催促した。そして、わたしのほほに軽くキスしてから、バッグを持って出ていった。すぐあとを母がついていく。

ひとりになると、さっきよりうまく髪の毛をまとめられた。わたしは最後にもう一度、灰色のワンピースにエチケットブラシをかけた。

外に出て、わたしの荷物がいっぱい積まれた車に乗りこむ。そわそわするけど、二時間も車で揺られているうちにおさまるだろう。

大学はどんなところだろう。そう思った瞬間、ある疑問が頭をもたげた。わたしは、仲のいい友達をつくれるだろうか？

2章

車窓から見える、生まれ育ったワシントン州の風景が心を静めてくれる。ワシントン・セントラル大学へだんだん近づいていることを示す標識を見るたび、新しい世界に飛びこんでいくわくわく感が心に広がる……と、そう言えたら、どんなによかっただろう。でも実際にはいつものとおり、プランニングと妄想にとらわれていた。ノアの話も耳に入ってこなかったが、彼なりにわたしを元気づけようと、無理にテンションをあげているらしい。

「さあ、着いたわよ！」門を抜けて構内に入ると、母が声をあげた。石造りの優美な校舎は、パンフレットやホームページで見たとおりすばらしく、一瞬で心を奪われた。娘や息子にハグして別れのキスをする保護者、大学のロゴが入った洋服できめた新入生、それに、どこか所在なさげな人など、あたりは数百人もの人間であふれていた。広大なキャンパスに怖《お》じ気《け》づいたものの、二、三週間もすればきっと慣れるだろう。

新入生オリエンテーションに同席すると言った母は、終了までの三時間を笑顔で乗り切った。いっぽうノアは、わたしと同じく熱心に耳を傾けていた。

「帰る前に寮の部屋が見たいわ。何も問題ないことを確認しなくちゃ」オリエンテーションが終わると、母は古い建物に目を走らせて不満げな顔をした。何を見ても最悪の部分を見つけだす人だが、雰囲気を和らげようとノアがほほ笑むと、母も調子を合わせてこう言った。

「信じられない！　わたしの娘が大学生となり、このキャンパスでひとり生活していくなんて。とにかく夢みたいよ」そして、メイクを崩さぬよう目尻の涙をぬぐう。わたしたちは、両手に荷物を持ったノアを従えて通路を進んだ。

「わたしの部屋があるのはB二十二よ……ここはC棟」さいわい、壁に大きなBの文字が見えた。「お母さん、そっちじゃなくてこっち」荷物は洋服を数着に毛布一枚、愛読書を数冊にとどめた。ノアが持ち運ぶのもそんなに大変ではなかったし、荷解きもすぐに終わるだろう。

「B二十二ね」高すぎるヒールを履いていた母は息を切らせた。長い廊下の端にようやくたどり着き、古びた木製ドアの鍵穴にキーを差しこむ。ドアが開くと、母は目を丸くした。ベッドと机がふたつずつの狭い部屋を見て、わたしにも母の驚いた理由がわかった。部屋の片方の壁一面に、見たこともないバンドのポスターがべたべた貼ってある。メンバーの顔にはピアスがいっぱいで、体はタトゥーだらけ。そして、ベッドには女子がひとり寝そべっていた。燃えるような赤い髪に、目のまわりを黒いアイライナーでぐりぐり囲み、腕には色鮮やかなタトゥーを入れている。

「どうも」とにっこりした表情は、意外なことにすごく魅力的だ。「あたし、ステフ」彼女がベッドに両ひじをついて上体を起こすと、レースアップのトップスから胸がこぼれそう。ノアが目をくぎづけにしているのに気づいて、わたしは彼の靴を軽く蹴った。

「ど、どうも、テッサよ」あれこれシミュレーションしていた言葉が吹っ飛び、やっとのことで挨拶を返す。

「よろしく、テッサ。寮は狭く、パーティーは派手なWCUへようこそ」真っ赤な髪の彼女はにんまりしたかと思うと、わたしたち三人が言葉を失っているのを見て笑いころげた。母はあごがカーペットに届きそうなほど口をあんぐり開け、ノアは足をもぞもぞ動かしている。ステフはこちらにやってきて、細い両腕をわたしの体に回してきた。いきなりのことに一瞬ぎょっとしたが、わたしもハグを返した。ほんとに彼女がルームメイトなのかと呆然としていたそのとき、ドアをノックする音がして、ノアがバッグを落とした。

「開いてるよ！」ルームメイトが叫ぶ。ドアが開いて、男子がふたり入ってきた。

新学期の一日目だというのに、女子学生の部屋を男子学生が訪ねてくる？　WCUに入ると決めたのは間違いだったかもしれない。それとも、ルームメイトを選ぶ方法があるかどうか調べるべきだった？　不愉快そのものといった表情から察するに、母も同感らしい。

「どうも。あんた、ステフのルームメイト？」男子の片方が言った。ツンツンに立てたブロンドヘアの根元に茶色の地毛がのぞいている。両腕のあちこちにタトゥーが入っていて、耳には五セント硬貨ほどのイヤリングをしている。

「えっ……ええ。テッサです」

「おれはネイト。そんなにビビらないで」彼はにやっとすると、手を伸ばして肩に触れてきた。「あんたもここが気に入るよ」見た目はどぎついけど、温かく魅力的な表情だ。

「準備できたよ」ステフは重たそうな黒のバッグをベッドから取りあげた。わたしは、壁に寄りかかっている背の高い男子に目をやった。大きく波打つふさふさの茶髪をおでこからすっきり上げ、眉と唇にピアスをしている。黒いTシャツから出ている両腕に視線を移すと、やはり、タトゥーに覆われていた。ステフやネイトとは違い、白と黒、グレーだけで色はない。背が高く、体には無駄な肉もついていない。すごく無礼な態度だと自分でもわかっていたけど、わたしは彼から目をそらすことができなかった。

ネイトと同じように自己紹介するだろうと待っていたのに、彼は不愉快そうに顔をそむけ、細身の黒ジーンズのポケットからスマホを取り出した。ステフやネイトみたいな愛想のかけらもないが、彼のほうが魅力的だ。どこか引きつけられるものがあり、いつまでも見つめていたくなる。しかし、ノアがあきれているのを感じて、わたしはようやく目をそらし、ショックで呆然としていたふりをした。

「じゃあまたな、テッサ」ネイトの言葉とともに三人は部屋を出ていき、わたしは大きく息をついた。居心地悪いなんて言葉では、とても言い表せない数分間だった。

「別の寮に変えてもらいなさい！」ドアが閉まるやいなや、母はわめいた。

「だめよ、そんなの。だいじょうぶだから」わたしは必死に動揺を隠そうとした。なにがだいじょうぶなのか自分でもわからないけど、母が高飛車な態度に出て、大学生活の初っぱなから騒ぎを起こすのだけはいやだ。「どうせ、彼女はあまり寮に寄りつかないから」母はもちろん、自分自身を説得するために言ってみる。

「とんでもない。すぐに部屋を変えてもらうのよ」怒りのあまり、母の形相は一変していた。「あんな男ども――しかも、いかれた不良《パンク》を部屋に入れるような娘《こ》と同室だなんて！」

わたしは母の灰色の瞳をのぞきこみ、それからノアに視線を移した。「お母さん、ちょっと様子を見ましょう。ねっ、お願い」こんなぎりぎりになってから寮の変更だなんて、どんな騒ぎになるか。それに、恥ずかしいことこのうえない。

母はもう一度、部屋のなかを見回した。ステフのほうの壁をまじまじと見て、ダークな雰囲気の内装に憤慨してみせる。

「まあ、いいでしょう」と引き下がったので、わたしは驚いた。「でも、帰る前にちょっと話があるわ」

3章

母はパーティーや男子学生には気をつけるようにという話を一時間もすると、ようやく帰り支度を始めた。いつものようにそっけないぐらいのハグとキスをして、車で待っているとノアに言いながら出ていった。

「毎日会えないと思うとさみしいよ」そうささやくノアに抱き寄せられて、わたしはコロンのにおいにため息をついた。もう、むせるほどではない。これからはこのキャンパスでひとり、この香りを懐かしむことになるだろう。

「わたしも。でも、毎日話せるから」彼の体に回した両腕に力をこめて、うなじに顔をすり寄せる。「あなたもいっしょに入学できたらよかったのに」ノアとはあまり身長が変わらないけど、見下ろされる感じがしないのがいい。母には、わたしの背が伸びすぎだとからかわれた。男というものは、うそをひとつつくたびに三センチ身長が高くなるという。父が長身だったことを思うと、母の話は理屈がとおっているのかもしれない。

軽く唇を重ねられて……そのとき、クラクションを鳴らす音が駐車場から聞こえた。

ノアは笑って体を離した。「きみのお母さんだ」わたしのほほに軽くキスをして、部屋を出ながら叫ぶ。「今夜、電話するよ！」

彼が慌ただしく出ていったのを残念に思いながら、荷解きを始めた。持ってきた服の半分を小さなドレッサーにおさめ、残り半分をクローゼットに掛けていく。向かい側のクローゼットに掛かっているのはレザーやアニマル柄の服ばかりで、見ただけでぞっとする。とはいえ好奇心には勝てず、メタリックな感じのドレスや、透けて見えそうなほど薄い生地の服に、わたしはいつの間にか指を走らせていた。

朝からの疲れを感じてベッドに横になる。いつになくさみしい気分だ。ステフの友人たちには不愉快な思いをさせられたけど、ルームメイトがいないと落ち着かない。彼女はこの部屋には居着かない気がするものの、仲間をしょっちゅう連れてこられるのも迷惑だ。どうして、読書や勉強が好きなルームメイトにあたらなかったのだろう。でも、狭い部屋を独り占めできるなら、それも悪くはないと思いつつ、やはり気持ちが滅入った。あんなに事前にいろいろ調べたのに、大学というところは予想や理想とはまったく違っていた。

とはいえ、まだ数時間のことだ。わたしは自分に言い聞かせる。明日はもっといい一日になるはずだ。絶対に。

スケジュール帳と教科書を広げ、今学期の時間割と、入部したい文芸サークルの会合予定を書いていく。おすすめのサークルだという在学生の口コミを読んで、様子を見たかったのだ。同じ趣味の人間を見つけて話がしたい。友達をたくさんつくろうとは思わない。ときどきランチをいっしょにできる人がいれば、それでいい。明日はキャンパスの外へ出て、必要なものを買いに行こう。ステフのように壁にべたべたポスターを貼るつもりはないけど、まだなじみのない空間を心地よくするものがほしい。車なしでは買い物に出かけるのも難しいだろうから、車を買うのは早いほうがいいだろう。でも、卒業祝いや夏の書店でのバイトで貯めたお金があるとはいえ、いますぐというのはどうだろうか。キャンパス内の寮に住んでいるから公共交通機関はいつでも利用できるし、バスの路線についてはすでに調査ずみだ。予定や時間割、真っ赤な髪の女子にタトゥーだらけの無愛想な男子たちのことを考えているうち、わたしはスケジュール帳を手にしたまま眠ってしまった。

翌朝、となりのベッドにステフの姿はなかった。昨日の男子のどちらかがボーイフレンドなのかもしれない。彼女のためにも、それがブロンドのほうであることを願おう。

シャワーバッグをつかんでシャワールームに行く。寮生活でいちばんいやなのがこれだ。部屋にバスルームがついていればいいのに。共同シャワーも男女別じゃなかったら、最悪だ。

うそ、もしかして……？　シャワールームのドアに手をかけると、男性と女性のピクトグラムが並んでいた。最悪の予想どおり、男女共同だ。WCUについて調べているときに、どうして気づかなかったのだろう……。

半裸の男子や女子たちを避けながら、空いているシャワーブースに飛びこんで、薄っぺらなカーテンをしっかり閉める。服を脱いで、カーテンの外の棚にぐしゃっと置いた。シャワーのお湯が熱くなるまでひどく時間がかかり、何も身に着けていないわたしを隠してくれるはずのカーテンを開けられやしないかと気が気じゃない。なのに、肌もあらわな異性がうろついているのを気にする人は誰もいない。大学生活二日目だというのに、理解できないことばかりだ。

服を置いておく棚はひどく小さい。ブースそのものも狭くて、両腕を伸ばすスペースがやっとあるだけで、振り向いた拍子にひじが棚に当たってしまった。服が濡れた床に落ちて、その上にお湯がかかる。

「もう、信じられない！」わたしは急いでお湯をとめて、タオルを体に巻いた。濡れてずしりと重くなった服をひっつかみ、誰にも見られないよう祈りながら廊下を走る。自分の部屋にたどり着いて鍵を差しこみ、ドアを閉めたとたん、ほっとした。

でもそれは、振り向いて室内を見るまでのことだった。ステフのベッドには、例の、タトゥーをした茶髪の無礼な男子が寝そべっていた。

4章

「ステフはどこ？」強い口調で言おうとしたのに、蚊の鳴くような声しか出せない。わたしは柔らかなタオルを両手でつかんで、下を見た。体がちゃんと覆われているのを確認して、安心する。

例の男子はこちらを見て口の両端をちょっとあげたものの、無言のままだった。

「聞こえなかった？　ステフはどこか、って質問したんだけど」さっきよりすこし丁寧に繰り返す。

彼は横柄な表情のまま、ぼそっと答えた。「知らないな」そして、ステフのドレッサーの上にある小さな薄型テレビをつける。いったい、ここで何してるの？　自分の部屋はないの？　そう怒鳴り散らしたくなるのを必死でこらえる。

「あらそう。ちょっと……部屋を出ていくとかしてくれない？　着替えたいんだけど」こちらがタオル一枚だということにも、彼は気づいてないみたいだ。いや、気づいているけど、それがどうした？　ってことなのかもしれない。

「うぬぼれるなよ。きみをじろじろ見るつもりはない」彼は顔を両手で覆い、こちらに背を向けた。いま気づいたけど、イギリス英語のアクセントが強い話し方だ。

失礼な発言にどう反応したらいいのかわからず、わたしはむっとしながらドレッサーのところへ行った。彼は女子に興味がないのかもしれない。じろじろ見るつもりなんかないというのも、そういう意味かも。もしくは、わたしは彼の好みのタイプじゃないとか。ブラとパンティを急いで着けて、地味な白のシャツとカーキのショートパンツを着た。

「まだか？」という言葉に、わずかに残っていた忍耐力がぷちっと切れた。

「これ以上、無礼な態度をとるつもり？　いったいなんなの？」大きな声を出すつもりはなかったけど、彼の驚いた表情から察するに、すこしは効き目があったみたいだ。

彼は黙ったまま、こちらを見た。謝ってくれるだろうと思っていたら……いきなり笑いだした。深みのある笑い声は魅力的と言ってもいいくらいだが、不愉快な態度ですべて帳消しだ。笑い続ける彼のほほにえくぼが見えた。わたしは何をどう言えばいいのかわからず、自分がまるっきりばかみたいに思えた。

突然ドアが開いて、ステフがものすごい勢いで入ってきた。

「ごめん、遅れちゃった。ひどい二日酔いでさ」わざとらしく言うと、わたしと彼をきょろきょろ見る。「ごめんね、テス。ハーディンが来るって言うの、忘れてた」彼女はすまなそうに肩をすくめた。

ステフとはルームメイトとしてやっていけるし、友達にだってなりたいと思おうとしたけど、つき合っている仲間たちや夜遅くまで外出している様子を見ていると、自信がなくなってきた。

「あなたのボーイフレンドは失礼だわ」

ステフが彼のほうを見る。次の瞬間、ふたりとも我慢できないとばかりに吹き出した。わたしをばかにして笑うなんて、いったい何？

「ハーディン・スコットは、あたしのボーイフレンドなんかじゃないよ！」ステフは笑いすぎて咳きこみそうになった。ようやくそれが収まると、このハーディンとかいう男子を振り向いてにらんだ。「彼女になんて言ったの？」そして、こちらに視線を戻す。「ハーディンの話し方って……一種独特だから」

ああ、そうですか。つまり、ハーディンは根っから失礼な人間ということだ。彼は肩をすくめて、リモコンでチャンネルを替えた。

「今夜、パーティーがあるの。いっしょに行こうよ、テッサ」とステフが言う。

こんどはわたしが笑う番だった。

「パーティーは好きじゃない。それに、机周りの物を買いに出かけなくちゃならないし」ハーディンを見ると、わたしもステフもこの部屋にいないかのような態度をしている。

「そんなこと言わないで……今夜だけ！　せっかく大学に入ったんだから、一回ぐらいいいじゃない」とステフにせがまれる。「ちょっと待って、どうやって買い物に行くの？　車は持ってなかったよね？」

「バスに乗ろうと思って。それに、やっぱりパーティーには行けない――知ってる人がいないもの」そう言うと、ハーディンがまたしても声をあげた――ばかにして笑う程度には聞こえている、と言いたいのだ。「本を読んだり、ノアとスカイプするつもりだったから」

「土曜日にバスなんて乗っちゃだめ！　すっごく混んでるんだから。ハーディンの車に乗りなよ、帰る途中で下ろしてあげる……いいよね、ハーディン？　それに、パーティーに行ってもあたしがいるじゃない。ねえ……おいでよ、お願いだから」ステフは両手を合わせて拝むふりをした。

昨日会ったばかりの彼女を信用できるだろうか。パーティーには気をつけろという母の言葉が頭に浮かぶ。すこし話したかぎりでは、ステフは意外にいい人かもしれない。だけど、パーティーにいっしょに行くほど？

「でも……うぅん、やっぱりいい。ハーディンに連れていってもらうのはちょっと……」

「なんだよ、ひどいこと言うんだな！　せっかく仲良くなれるかと思ったのに」ショックでベッドを転がるふりをするハーディンの声は、棒読み気味なのが逆に皮肉たっぷり。わたしは、ふさふさの巻き毛頭に本を投げつけてやりたくなった。「いいかげんにしろよ、ステフ、この娘《こ》はパーティーになんか来ない」彼は声を立てて笑った。

しかし、イギリス英語の強いアクセントを聞いてわたしの好奇心が頭をもたげ、どこの出身なのかききたくなる。しかも、持ち前の負けず嫌いのせいで、知ったふうな口をきく彼をやり込めたくなった。「そうね、うん、やっぱり行く」とびきりの笑顔を作って言う。「なんか、おもしろそうだし」

信じられないとばかりにハーディンは首を横に振った。ステフは甲高い声とともに、わたしをぎゅっとハグした。

「やったー！　楽しくなりそう！」

彼女の言うとおりになるよう、わたしは祈るしかなかった。

5章

ハーディンがようやく出ていったので、わたしはパーティーについてステフと相談した。不安を和らげるために詳しい情報が必要なのに、彼がここにいたら邪魔なだけだ。

「パーティーはどこで？　歩いて行けるところ？」棚に本を並べながら、平静を装って質問する。

「正確に言うと、このあたりでいちばん大きいフラタニティハウスでのパーティーだよ。フラタニティってわかるよね？　男子学生の集まりがフラタニティで、女子学生はソロリティ。友愛クラブともいうんだけど、それぞれ秘密めいたしきたりや独特のシステムがあって、メンバーは固い結束で結ばれてる。このハウスっていうのはふつうの邸宅みたいなところで、寮とはちょっと違うんだ」マスカラを塗り重ねようとして、ステフの口が大きく開く。「キャンパスの外にあるから、歩いては行けない。でも、ネイトが車を出してくれる」

ハーディンじゃなくてよかった。もっとも、パーティーには彼もいるだろうけど。あんな無礼者と同じ車に乗るなんてとんでもない。体じゅうにピアスの穴を開けてタトゥーを入れている不良だと決めつけないようにしているんだから、逆に感謝してほしいぐらいだ。まあ、すこしは見た目で判断してるかもしれないけど……すくなくとも、こちらは節度ある態度を保っている。わたしの育った家では、タトゥーやピアスはふつうのことではなかった。いつも髪をきちんととかし、眉がぼさぼさにならないよう整えて、アイロンをかけた清潔な服を着ていなければならなかった。だって、それが当たり前だもの……。

「ねえ、テッサ、聞いてる?」ステフの言葉にふと、我に返る。

「ごめん……何?」あの失礼な男子のことを考えていたなんて、自分でも気づかなかった。

「支度しようって言ったんだよ。着ていく服を選ぶのを手伝って」彼女が持ってきたものはどれも場違いで、室内にどっきりカメラでも仕掛けてあるんじゃないかと思うほど。一着見せられるたびに身をすくめると、大笑いされた。わたしがいかにもいやそうな顔をするのがおもしろいらしい。

結局、ステフが選んだ服は黒のフィッシュネットでできていて、赤いブラが透けて見えた。黒のスリップがついていなかったら、全身むきだしだ。太腿の上のほうまで見えそうなのに、さらに裾を引っぱりあげたかと思えば、胸の谷間があらわになるよう上部を引き下げる。靴のヒールはすくなくとも十センチはありそうだ。彼女は燃えるような赤い髪を緩くまとめて結い上げ、カールが肩にかかるよう毛先を散らした。目に入れた黒と青のアイライナーはなぜか、さっきより濃くなっていた。

「タトゥー入れるとき、痛かった？」お気に入りの栗色のワンピースをクローゼットから出しながら尋ねてみた。

「最初のはちょっとね。でも、それほどじゃないよ。何度も蜂に刺されてる感じかな」ステフは肩をすくめた。

「じゅうぶん痛そうだけど」わたしが言うと、彼女は笑った。変わった人間だと思われているのだろう。でも、それはお互いさま。ふたりとも、相手をいままで見たことのないタイプだと思っているのが妙に心地いい。

だけど、ステフはワンピースを見て、口をあんぐり開けた。「まさか、それを着ていくわけ？」

わたしは両手を生地にすべらせた。持っているなかでいちばんのお気に入り。といっても、あまり選択肢があるわけじゃない。「なにかおかしい？」むっとしたのを隠そうと、訊き返す。すべすべと柔らかいものの、ビジネススーツと同じような生地。喉元まできっちり覆うような襟ぐりで、袖もひじ下までの七分丈だ。

「ううん……ただ……長すぎない？」

「ひざがぎりぎり隠れるぐらいだけど？」気分を害したのが伝わったかどうかわから

ない。でもなんとなく、わたしのこういうところは、彼女には知られたくなかった。

「かわいいよ、でも、パーティーに着ていくにはフォーマルすぎる。あたしのを貸してあげようか？」ステフは善意で言っているようだけど、あのちっぽけな洋服に体を押しこめるのは、とてもできそうになかった。

「ありがと、ステフ。でも、これでだいじょうぶだから」わたしはヘアアイロンのコンセントを差しこんだ。

6章

カールが完璧にきまった髪を背中におろし、顔にかからないよう、両サイドをヘアピンで留める。

「あたしのメイク道具、使う？」ステフに言われて、わたしはまた鏡をのぞいた。

顔の面積からすると大きすぎる目。でも、いつもは抑えめメイクで、マスカラとリップクリームをちょっと塗るぐらいにしていた。

「すこし、アイラインでも入れようかな？」

ステフはにっこりしてペンシルを三本渡してくれた。パープルとブラックにブラウン。ブラックかブラウンに決めかねて、手のひらで転がしながら考える。

「パープルがすっごく合うと思うけどな」ステフの言葉に笑顔を返しつつ、わたしは首を横に振った。「あなたの瞳はすっごくすてきだよ――あたしのと替えっこする?」

ステフこそ、緑色のきれいな瞳をしてるのに。なぜ、取り替えようだなんて言うの? ブラックのペンシルでできるだけ細い線を両目のまわりに引くと、彼女は満足そうにほほ笑んだ。

そうこうするうちにスマホが鳴り、彼女はバッグをつかんだ。「ネイトが来たよ」わたしもバッグを取って、ワンピースのしわを伸ばし、白いぺたんこ靴のトムスを履いた。ステフはちらっと見たものの、とくに何も言わなかった。

ネイトは寮の正面で待っていた。いっぱいに開けた車の窓から大音量のハードロックが流れる。あたりを見回すと、みんな目を丸くしていた。わたしは視線を落としたまま歩いたが、ふと顔を上げると、ハーディンが助手席にもたれかかっていた。体をかがめて隠れていたに違いない。もう、最悪だ。

「よう、お嬢さんたち」とネイトが言う。

ステフに続いて後部座席に入ると、ハーディンににらまれた。彼のすぐ後ろに座ることになったからだ。「教会じゃなくて、パーティーに行くんだってわかってるよな、テレーサ?」そう言われてドアミラーをちらと見ると、彼はにやにや笑っていた。

「テレーサって呼ぶのはやめて。テッサのほうが好きなの」そもそも、それがわたしの名前だとなぜ知っているのだろう。テレーサと呼ばれると、父を思い出す。できれば、耳にしたくない。

「いいとも、テレーサ」

わたしはむっとしながら後ろにもたれた。ハーディンとはもう、口をきかない。わざわざ話す価値のない相手だ。

車が走り出す。うるさい音楽から逃れたくて、窓の外をじっと見つめる。そっくりにしか見えない大きな邸宅が立ち並ぶにぎやかな通りに着くと、ネイトが車を停めた。邸宅の側面にはフラタニティの名称を表すギリシア文字が黒く書かれているが、生い茂っているつるのせいで読めない。邸宅のあちこちからトイレットペーパーが垂れていて、漏れ出る騒音がいかにも、フラタニティハウスに住むお坊ちゃんがばか騒ぎしている様子をうかがわせる。

「盛大なパーティーね。何人くらいいるの?」わたしは息をのんだ。芝生には、赤いカップを手に踊っている人がおおぜいいて、自分がひどく場違いな感じがした。

「大入り満員だ、早くしろ」車から下りたハーディンがドアを乱暴に閉めた。後部座席から眺めていると、いろんな人がネイトとハイタッチをして握手するのに、ハーディンには目もくれない。驚いたのは、ネイトたちのようにタトゥーを入れている人は見渡す限りひとりもいないということ。ここでなら、わたしにも友達ができるかもしれない。

「行こう」ステフは笑顔とともにドアを開け、ひょいと車をおりた。

わたしは自分を奮い立たせるようにうなずいて車から出ると、もう一度ワンピースのしわを伸ばした。

7章

ハーディンはすでにハウスのなかに姿を消していた。屋内に詰めこまれている人数を考えれば、今夜はもう会わずにすむだろう。ステフとネイトのあとをついて、混雑したリビングへ行くと、赤いカップを渡された。「いりません」と丁寧に断ろうとしたのに、遅すぎた。誰に渡されたのかもわからないカップをカウンターに置き、ネイトたちについてさらに奥へ行くと、ソファに集まる一団のところでふたりがとまった。タトゥーを入れた人々がソファに並んで座っている。見た目からして、ステフの友達だろう。右側のひじ掛けに座るハーディンのほうを見ないようにしていると、彼女がわたしを紹介した。

「こちらはテッサ。あたしのルームメイト。昨日ここに着いたばかりだから、WCUでの最初の週末を楽しく過ごしてもらおうと思って」

　彼らはひとりずつ、こっちを見てうなずいたりにっこりしてくれて感じよく見えたけど、ハーディンだけは違った。オリーブ色の肌をしたすごく魅力的な男子が、握手しようと手を差し出してきた。持っている飲み物のせいで手は冷たいものの、優しい笑顔が温かい。口元にライトが当たって、舌にピアスをしているのが見えたような気がしたが、すぐに口が閉じられたのでわからなかった。

「ゼッドだ。きみの専攻は？」彼はわたしの厚い生地のワンピースに目をやったものの、ほほ笑んだだけで何も言わなかった。

「英文学専攻よ」にっこりしながら胸を張る。ハーディンがばかにしたように鼻を鳴らしたのには、気づかないふりをした。

「それはすごい。おれは文章での巧みな美しい表現――詩華《フラワーズ》に夢中なんだ（訳注：フラワーズには女性性器という意味もある）」ゼッドが笑ったので、つられて笑ってしまう。

　フラワーズ？　なにか意味があるの？

「ドリンクは？」わたしが質問する前に、彼が言う。

「ううん。お酒は飲まないの」そう答えると、彼は笑いそうになるのを隠した。

「澄まし屋《ミス・プリス》の相手なんて、ステフにまかせておきなよ」ピンクの髪をした小柄な女子がつぶやく。

面倒になるのを避けるため、わたしは聞こえないふうを装った。ミス・プリス？お高くとまってなんかいないし、猛勉強してここまできただけよ。父が家を出ていってからは、娘に明るい将来を授けようと母がずっと働いてくれたんだから。

「外の空気を吸ってくる」この場を離れようと、回れ右をした。パーティーで騒ぎを起こすなんて、絶対ムリ。友人だってまだいないのに、ここで敵を作るわけにはいかない。

「いっしょに行こうか？」ステフが背後から声をかけてくる。

首を横に振ってドアへ向かった。やっぱり来るんじゃなかった。いまごろはパジャマ姿で寝転がって、小説を読んでいるはずだった。ノアとスカイプだってできたのに。彼がいなくてさみしい。初対面の酔っぱらいばかりのパーティーを抜け出して外で座ることになるなら、ベッドでひとり寝ていたほうがずっとましだった。わたしはノアにショートメールすることにして前庭の端まで歩いた。人があまりいない場所はそこしかなかったからだ。

あなたに会いたい。これまでのところ、大学はそんなに楽しいところじゃない。

送信ボタンを押し、石塀に座って返事を待つ。酔っぱらった女子の一団がくすくす笑いながら、千鳥足で歩いていく。

ノアはすぐに返事をくれた。

どうしたの？　ぼくもさみしいよ。いっしょにいられたらいいのにな。

彼の言葉に笑みがこぼれる。

「うわっ、ごめん！」と男子の声がした一秒後、ワンピースの前身頃が冷たい液体で濡れていく。ぶつかってきた彼は、低い壁を支えにして体を起こした。「悪かった、ごめんよ」と彼はつぶやいて地面に座りこむ。

もう、最悪。あの女子には澄まし屋と言われ、こんどはお気に入りのワンピースがびしょ濡れ。どんなアルコールかもわからないし、すごく変なにおいがする。わたしはため息をつきながらなかへ入り、バスルームを探した。人ごみをかきわけて廊下を歩き、ドアというドアを開けようとしたけど、どれも開かない。部屋のなかでどんなことが繰り広げられているのか……それは考えないようにした。

二階へあがってバスルームを探し続ける。ようやくドアが開いたものの、残念ながら、それは寝室だった。さらに運が悪いことに、そこではハーディンがベッドに横たわり、あのピンクの髪の毛の女子が彼の膝にまたがったまま唇を重ねていた。

8章

彼女が振り向いてこちらを見る。下がろうとしても、わたしの足は根が生えたように動かなかった。「何か用？」ととげとげしい声がする。

ハーディンは彼女をまたがらせたまま、上体を起こした。まったくの無表情——おもしろがってるふうでも、困惑しているふうでもない。こんなことは日常茶飯事なのだろう。ぶっ飛んだ格好の女子とセックスしてるも同然なところを目撃されるのにも、きっと慣れているに違いない。

「えっと……いいえ。ごめんなさい、あの……バスルームを探してるの。飲み物をこぼされちゃって」わたしは早口で説明した。こんなに居心地悪いことはない。彼女がハーディンの首筋に唇を押しつけたので、目をそらした。このふたりはすごくお似合いだ。タトゥーも入れてるし、どちらも無礼だもの。

「あっ、そう。じゃあ、探しに行けば」彼女があきれたように言い放つので、わたしはうなずいて部屋を出た。閉めたドアにそのままもたれる。せっかく大学に入ったのに、ぜんぜんおもしろくない。こんなパーティーのどこが楽しいのか、まったく理解不能だ。バスルームを見つけるのはあきらめて、キッチンで汚れを落とすことにした。

別の部屋のドアを開けてまた、酔っぱらった学生がいちゃついている現場に出くわすなんて絶対いやだ。

キッチンはすぐ見つかったものの、ひどく混み合っていた。アイスクーラーに入ったアルコール類やデリバリーのピザの箱がカウンターにたくさん置いてあるからだ。シンクで吐いている女子を避けてペーパータオルを水で濡らしたが、安物だったのか、ワンピースを拭いているうちに白いくずが生地について、前より汚くなってしまった。むしゃくしゃしながら、うめき声とともにカウンターに寄りかかる。

「楽しんでる？」ネイトがやってきた。知っている顔を見て、わたしはほっとした。

彼はにっこりしながらドリンクを口にした。

「そうでもない……こういうパーティーはいつまで続くの？」

「ひと晩じゅう……さらに、明日の昼ぐらいまでかな」

笑いながらの答えに、わたしは呆然とした。ステフはいつ帰るの？　できれば、そんなに遅くならないでほしい。

「ちょっと待って。寮まで誰が運転して戻るの？」ネイトに尋ねても、彼の目はすっかり充血していた。

「そうだな……きみがおれの車を運転してもいいよ」

「ありがたいけど、それはだめ。車をぶつけたり、お酒を飲んだ未成年が乗っているのを警察にとめられたりしたら、トラブルに巻きこまれちゃう」拘置所から出るのに保釈金を払うことになったら、母にどんな顔をされるかわからない。

「だいじょうぶだよ、それほど遠くないから——おれの車で帰ればいい。きみは飲んでないんだろ？　いやなら、ここにいるしかないな。でなければ、誰か運転してくれるやつを探して——」

「ううん、いい。自分でなんとかする」音楽のボリュームがいきなり上がり、低いベース音と叫んでいるふうにしか聞こえない歌詞にかき消される前に、わたしはなんとか答えた。

夜が更けるにつれて、このパーティーに来たのは間違いだったという思いが確信に変わっていった。

9章

「ステフ！」と十回くらい叫び、やっとのことでネイトを見つけたころにようやく、音楽のボリュームが下がった。彼はうなずいて笑いだしたかと思うと、手を高くあげて隣の部屋を指した。こんなにいい人なのに、ネイトはなぜ、ハーディンなんかといっしょにいるのだろう。

彼が指さすほうを振り向いたわたしは、ステフの姿を見つけて息をのんだ。ほかの女子ふたりとともにリビングのテーブルに上がり、踊りまくっていたからだ。酔っぱらった男子が仲間に加わって、彼女の腰を両手でつかむ。ぴしゃりとはねのけるかと思ったら、ステフはにんまりしながら、自分から下半身を押しつけていった。

「踊ってるだけだよ、テッサ」ネイトは、わたしの落ち着かない顔を見てくすくす笑った。

あれは決して踊っているだけじゃなかった。体をまさぐり合い、挑発するように腰をこすりつけ合っている。

「ああ……うん、わかってる」わたしはなんでもないふうに肩をすくめてみせた。もう二年もつき合ってるノアとでさえ、あんなふうに踊ったことは一度もない……。いけない、忘れてた！　バッグに手をつっこみ、彼からのメールをチェックする。


そこにいるの、テス？

ちょっと、だいじょうぶ？

テッサ？　きみのお母さんに電話したほうがいい？　心配になってきたよ。

ノアがまだ母に電話していないことを祈りながら、急いで電話番号を押す。彼は出てくれなかったが、母に電話する必要はないとショートメールを送った。大学生活最初の週末を過ごす娘に何かあったかもしれないと思った瞬間、母はきっとキレてしまうだろう。

「ヘーイ……テッサ！」ろれつの回らないステフが頭をわたしの肩にもたせかけてきた。「どう？　楽しんでる？　あたしのルームメイトちゃん」とくすくす笑う。どう見ても泥酔状態だ。「あのね……部屋がグログロ……じゃなくて、ぐるぐる回ってる」そして、前に倒れこみながら大声で笑う。

「彼女、吐くかも」ネイトに言うと、彼はうなずいてステフの腕をとった。

「ついてきて」彼は先に立って二階へ向かった。バスルームを見つけて、廊下のなかほどにあるドアを開ける。便器のそばの床にステフを下ろしたとたん、彼女は吐き始めた。わたしは目をそらしつつ、赤い髪をそっとつかんで顔にかからないようにしてあげた。

　これ以上はもうつき合いきれないと思ったころ、ようやく彼女の吐き気もおさまり、ネイトがタオルを持ってきてくれた。「廊下をはさんだ向かいの部屋へ連れていこう。横になれば、酔いもさめる」彼の言葉にうなずいたものの、意識を失っているステフをひとりにしてはおけない。「きみもここにいればいいよ」ネイトは、こちらの心を読んだかのように言った。

　彼といっしょにステフを立ちあがらせ、真っ暗な寝室へ歩いていくのに手を貸した。うめいている彼女をベッドに寝かせると、ネイトはあとで様子を見に来ると言って出ていった。わたしは彼女の隣に腰を下ろし、具合が悪くならないよう、顔の向きを変えてあげた。

　パーティーはどこもかしこも最高潮の盛りあがり。自分はしらふだというのに、酔いつぶれているステフのそばにいるとさらに落ちこむ。スタンドの明かりをつけて部屋のなかを見回すと、壁の一面を覆う本棚に目を奪われた。一気にテンションがあがり、並んだ本の背表紙を近くで見てみる。誰のコレクションか知らないが、たいしたものだ。古典文学の名作が勢揃いで、わたしの愛読書もぜんぶ含まれていた。『嵐が丘』を見つけたので、引きだしてみる。いまにもバラバラになりそうな綴じを見れば、何度も読まれてきたものだとわかる。

　エミリ・ブロンテの文章に夢中になっていたせいで、ドアが開いて明るくなったことはもちろん、人が入ってきたことにも気づかなかった。

「なぜ、きみがおれの部屋にいる？」嚙みつくような大声が後ろから聞こえた。聞き覚えのある口調とアクセント。

　ハーディンだ。

「いったいなぜ、きみがおれの部屋にいるのか、ときいているんだが」さっきと変わらぬ厳しい声。振り向くと、彼は大股でやってきて、わたしから本を引ったくって棚へ戻した。

あまりのショックに頭がくらくらする。ただでさえ最悪のパーティーなのに、ハーディンの個人的な空間にいる現場を本人に見つかってしまった。彼は嫌みな咳払いとともに、わたしの目の前で手をひらひらさせた。

「ステフをここに運ぶようネイトに言われて……」ほとんど聞こえないくらいの声で答える。近づいてきたハーディンが大きなため息をついたので、わたしはベッドのほうを身振りで示した。「彼女は飲み過ぎたみたいで、ネイトが――」

「それはさっき聞いた」ハーディンはくしゃくしゃの髪に指を走らせた。ひどく機嫌が悪そうだ。なぜ、わたしたちが部屋にいることをここまで気にするのだろう。えっ、ちょっと待って……。

「あなたも、このフラタニティのメンバーなの？」わたしはショックを隠せなかった。ハーディンと、お坊ちゃま男子学生の社交クラブであるフラタニティだなんて、まったく結びつかない。

「ああ。それが何か？」彼はまた一歩近づいてきた。もう、五十センチも離れていない。すこしでも距離を置こうとこちらが後ろに下がると、本棚に背中が当たった。

い。

「だって、きみの名前だろ?」嫌みなことに変わりはないが、さっきより口調が明るい。

「テレーサと呼ぶのはやめて」物理的にも追いつめられてしまった。

「驚いたか、テレーサ?」


ため息とともに彼に背を向けると、こんどは本がずらりと並ぶ壁に正面からぶつかった。とにかく、ハーディンから離れなくては。でないと、彼を平手打ちしてしまう。あるいは泣くかもしれない。きょうは長くて疲れる一日だったから、手が出るより先に涙が出てしまうだろう。そんなことになったら、みっともなさすぎる。

わたしはくるりと体の向きを変え、ハーディンのそばを通り抜けた。

「ステフを置いていくな」そう言われて振り向くと、彼はリング型のロピアスごと唇を噛んでいた。いったいなぜ、唇や眉にピアスの穴を開けたのだろう。痛かったにきまってるのに……でも、あのリング型のピアスは彼のふっくらした唇をより魅力的に見せている。

「どうして? あなたとステフは友達じゃないの?」

「確かにな。だけど、おれの部屋には誰も泊まらせない」ハーディンは胸の前で腕を組んだ。おかげで、タトゥーの柄がわかった。前腕のなかほどにあるのは花だ。ハーディンと花? ここからだと白黒の薔薇のように見えるけど、まわりに描かれているものせいで、繊細な花はどこかダークな雰囲気を醸し出している。いら立ちのせいで自棄《やけ》になったのか、わたしは大声で笑い飛ばした。「ああ……なるほど。部屋に入れるのは、あなたといちゃつく女子だけってことね?」そう言ったとたん、彼の笑みが深まった。

「あれはおれの部屋じゃない。きみがおれといちゃいちゃしたいなら、申し訳ないが、好みのタイプじゃない」なぜかはわからないけど、ハーディンの言葉に傷ついた。彼だってわたしの好みからはほど遠いけど、本人にそう言おうとは思わないのに。

「あなたって人は……」腹立たしさを表す言葉が見つからず、壁越しに聞こえる音楽が気持ちをさらに逆なでする。パーティーに来たせいで気まずい思いをさせられ、不愉快な気分で精神的にもぼろぼろ。ハーディンと言い争っても時間の無駄だ。「だったら……あなたがステフを別の部屋へ連れていけばいい。わたしは寮に戻る方法を考えるから」そして、戸口のほうへ向かう。

廊下に出てドアをぴしゃりと閉めると、パーティーの騒音にまぎれてハーディンの嘲るような声が聞こえた。「おやすみ、テレーサ」

10章

階段の下り口に向かいながら、涙がほほを伝うのを抑えきれなかった。もう、大学なんていやだ――まだ、授業も始まっていないのに。どうして、似たような趣味をもつ人と同室になれなかったのだろう。いまごろは、月曜に備えて眠っているはずだったのに。こんなパーティーの場にいてはいけないし、ああいうタイプの人たちとつきあうのも性に合わない。ステフのことは好きだけど、こんな騒ぎやハーディンみたいな人間にはうまく対処できない。彼がどういう人間なのか理解できないし、どうして、いつも意地悪な態度をとるのだろう。でも、つぎに頭に浮かんだのは、壁一面に並ぶ本の数々だった――ほんとうに全部、彼のものだろうか。いや、礼儀も作法も知らないタトゥー男子があんな文学作品に親しんでいるとは思えない。彼が読むものなんて、ビール瓶のラベルぐらいしか思いつかない。

濡れたほほをそっと拭いながら、ふと気づいた。このフラタニティハウスの所在地も、寮へ戻る方法もわからない。パーティーに来ると決めたのを思い返すたび、自分に腹が立ってしかたない。

最初によく考えるべきだった。こんなことが起こらないよう、なにごともきっちり計画を立てる性分なのに。フラタニティハウスはまだにぎわっていて、やかましい音楽が鳴り響いていた。ネイトもゼッドも見当たらない。とにかく二階で部屋を見つけて、床で寝るほうがいいだろうか。すくなくとも十五部屋はあったし、運がよければ、空いているところがひとつぐらいあるかもしれない。感情を表に出すまいとしてもわたしには無理だし、一階に下りていって、こんな状態でいるのを見られるのはもっといやだ。ステフと入ったバスルームへしかたなく戻り、ひざのあいだに顔をうずめて座る。

ふたたびノアに電話すると、こんどは二度目の呼び出し音で出てくれた。

「テス？　もう遅いよ、だいじょうぶ？」眠たそうな声だ。

「ええ。ううん。ルームメイトとばかげたパーティーに来て、フラタニティハウスで身動き取れなくなっちゃった。寝るところもないし、寮に戻る手段もない」わたしは泣きじゃくった。生死に関わる問題ではないけれど、どうしようもできない状況に自分から飛びこんでしまったのがくやしい。

「パーティー？　あの赤毛の女子と？」

「そう、ステフと。でも、彼女は二階で気を失って伸びてるの」

「ワオ。でも、だいたいなぜ、そんな人といっしょにいるの？　彼女はすごく……きみがつき合うようなタイプじゃないよ」軽蔑するような口調に腹が立つ。だいじょうぶ、心配いらないよ、明日は明日の風が吹くさ。前向きに励ましてほしかったのに、こんなふうに厳しいことを言われるなんて。

「そういう問題じゃないんだってば、ノア……」ため息まじりに話し始めると、ドアのハンドルががちゃがちゃ鳴ったので、わたしは体を起こした。「ちょっと待って！」外にいる人に向かって叫び、トイレットペーパーで目のまわりを拭いたものの、アイライナーがよけいににじんだだけだった。

「あとでかけ直す。誰か、バスルームを使いたいみたい」ノアに何か言われる前に電話を切った。

向こう側にいる人が、力任せにノックしてくる。わたしはうめき声とともにドアを開け、目のまわりをふたたびこすった。「ちょっと待って、って言ったのに――」

こちらをにらみつける緑色の瞳に、わたしは言葉を失った。

11章

吸いこまれそうな瞳を見つめるうちにはっとした。ハーディンの瞳が何色なのかいままでわからなかったのは、彼が目を合わせようとしなかったからだ。いまもまた、深い緑色の瞳を丸くしているものの、すぐに顔を背けた。そのくせ、押しのけて出ていこうとするわたしの腕をつかんで引き戻そうとする。

「触らないで!」大声をあげて、わたしは腕を振りほどいた。

「泣いていたのか?」心の底から気になる、といった口調。これがハーディンでなかったら、わたしを気遣ってくれていると勘違いしただろう。

「いいから、かまわないで」

彼はわたしの前に回りこむと、長い手足でこちらの動きを封じこめた。もういやだ、こんな駆け引きにはつき合っていられない。

「ハーディン、かわいそうだと思うなら、放っておいて。意地悪なことを言いたいだけなら、明日にしてよ。ほんと、お願いだから」どうしていいかわからず困惑しているのがバレてもいい。とにかくいまは、彼とは関わりたくなかった。

ハーディンの目に動揺が走る。彼はこちらをじっと見てから、おもむろに口を開いた。「廊下の突き当たりに近いところに、きみが眠れる部屋がある。ステフも、おれがそこに連れていっておいた」とそっけない声で言う。続きがあるのかと待ってみても、彼はそこで言葉を切ったまま、わたしをまじまじと見つめるばかりだった。

「オーケー」とつぶやくと、彼はどいてくれた。

「左側、三番目の部屋だ」そして廊下を歩いていき、自分の寝室に消えていった。

いったいどうしたのだろうか。ハーディンが失礼な言葉を一度も吐かなかったなんて。明日だって、顔を合わせたら絶対トラブルになる。わたしが課題をしあげる予定を立てるように、彼は人を傷つけるコメントをノートに書き留めていることだろう。明日のターゲットは、きっとわたしだ。

廊下の左側、三番目にあったのはごくふつうの部屋で、ハーディンの寝室よりずっと狭いにもかかわらず、ベッドが二台あった。彼はここでいちばん偉いまとめ役なの？　みんなを脅していちばん広い部屋を分捕ったというなら、理解できるけど。ステフは窓に近いほうのベッドで大の字に伸びていた。わたしは靴を蹴るようにして脱ぎ、彼女に毛布をかけてから、ドアをロックしてもうひとつのベッドに横たわった。

輪郭のぼやけた薔薇の花や、怒りに満ちた緑色の瞳……そんなイメージが夢を彩るうち、わたしは深い眠りに落ちていった。

12章

どうして、見覚えのない部屋で寝ることになったのだろう。目が覚めても、ゆうべの出来事を思い出すまで時間がかかった。ステフは大きな口を開けていびきをかいている。寮にどうやって戻るのかわかるまで、彼女を起こさず待つことにした。靴を履いてバッグをつかみ、部屋を出る。ハーディンの部屋のドアをノックすべきだろうか。それともネイトを探す？　そもそも、彼はこのフラタニティハウスの住人なの？　ハーディンがフラタニティのメンバーだというのも予想外だったから、ネイトがそうだとしてもおかしくはない。

廊下で寝ている人たちをまたぎながら、わたしは一階へ下りた。

「ネイト？」返事を期待して声をかける。リビングだけでも、すくなくとも二十五人は寝ていた。床は赤いカップやごみでいっぱいで、それを避けて歩くのもひと苦労。それを思うと、二階の廊下はおおぜい人がいたにもかかわらず、すごくきれいだった。キッチンにたどり着くと、あたりを片づけたくなるのを抑えるのが大変だった。フラタニティハウス全体を掃除するには、まる一日かかるだろう。このごみをハーディンがひとりで片づけているところを見てみたい。そんな考えが頭に浮かび、わたしはくすくす笑ってしまった。

「何がそんなにおかしい？」

振り向くと、手にゴミ袋を持ったハーディンがキッチンに入ってくるところだった。腕でなぎ倒すようにして、カウンターにあるカップ類を袋に一気に入れていく。

「べつに。ネイトもここに住んでるの？」

ハーディンはわたしを無視したまま、掃除を続けた。

「ねえ、住んでるの？」さっきよりとげとげしい声でもう一度尋ねる。「教えてくれたら、あなたの前からさっさと消えてあげられるんだけど」

「わかったよ。彼はここの住人じゃない。あいつが、お坊ちゃんたちの社交クラブに属するような人間に見えるか？」

「でも、それを言うならあなたも同じよ」ぴしゃりと言い返すと、ハーディンは苦虫を噛み潰したような顔になった。

そして、わたしをわざわざ避けてキャビネットへ行き、扉を開けてペーパータオルを取り出す。

「この近くを走っているバスはない？」答えを期待せずにきいてみる。

「ある。一ブロックほど離れてるが」

彼についてキッチンを歩き回った。「どこなのか教えて」

「一ブロック離れたところさ」からかうように、ハーディンの口の両端があがる。

くだらない、なんなのよ。わたしはキッチンを出た。ゆうべのまともな受け答えはたまたまで、今日は正面から攻撃してくるつもりらしい。昨晩みたいなことがあった以上、彼のそばにいるのも我慢できない。

ステフを起こしにいくと、意外にあっさり目を覚ましてにっこりしてくれた。幸い、彼女もさっさと帰りたいと言う。

「ちょっと離れたところからバスが出てる、ってハーディンが言ってた」いっしょに階段を下りながら、わたしはステフに言った。

「バスなんか乗らないよ。ハーディンとネイトのどっちかが車で送ってくれるから。ねえ、ハーディンにいやなことを言われたんじゃない？」彼女はわたしの肩に手を乗せて言った。キッチンに入り、オーブンからビールの缶を取り出しているハーディンを見つけると、彼女は偉そうに言い放った。「ちょっと、あたしたちを寮に送る準備できた？　頭が割れるように痛いんだけど」

「オーケー、ちょっと待て」彼は、わたしたちが来るのを予想していたかのように答えた。


寮へ戻る車内でステフはずっと、スピーカーから流れるヘヴィメタルの曲に合わせて調子よく歌っていた。窓は閉めてとわたしが丁寧に頼んだにもかかわらず、ハーディンは思いきり全開にした。そして黙ったまま、長い指でハンドルをこつこつとたたいていた。といっても、わたしはとくに彼を見ていたわけではない。

「あとでまた来るよ、ステフ」ハーディンがそう言うと、助手席から降りた彼女はうなずいて手を振った。

「バーイ、テレーサ」ドアを開けたわたしに向かって、小ばかにしたような顔で彼が言った。またた。わたしはあきれて首を横に振りながら、ステフについて寮に戻った。

13章

週末はあっという間に過ぎていき、なんとかハーディンと顔を合わせずにすんだ。日曜の朝早くにわたしが買い物に出かけたのも、彼が部屋にやってくる前。戻ったのも、彼が帰ったあとだったようだ。

小さなドレッサーは新しく買った服でいっぱいになったけど、服をしまいながらも、頭のなかでハーディンの不愉快な言葉が鳴り響いていた。教会じゃなくて、パーティーに行くんだってわかってるよな？

買ったばかりの服も同じことを言われるだろう。でも、ステフとはもうパーティーには行かない。というか、ハーディンがいそうなところはどこだろうと、絶対に。いっしょにいても楽しくないし、口げんかするのも疲れるだけだ。

やっと、月曜の朝がきた。大学での授業一日目、準備は万端だ。シャワーを浴びるためにいつもより早起きした。男子がうろうろしない時間なら、急かされることもない。前開きの白いブラウスとカーキ色のプリーツスカートは、アイロンをかけてハンガーに掛けてある。それに着替えて髪をピンで留め、バッグを肩にかける。絶対に遅刻しないよう、十五分ほど余裕を見て、さあ出かけようとした瞬間、ステフの目覚ましが鳴った。彼女はスヌーズボタンを押したが、起こしてあげるべきだろうか。彼女の授業はわたしより遅く始まるのかもしれない。それとも、サボるつもりなのか。新学年の授業一日目に遅れていくなんて、わたしだったらイライラしてしかたないけど、二年生のステフは気にならないのかもしれない。

もう一度鏡を見てから、最初のクラスへ向かう。キャンパスマップを調べておいたおかげで、二十分もしないうちに教室棟に着いた。一年生必修の歴史の教室に入ってみると、学生はひとりしかいなかった。

彼も時間に正確な人のようだ。この大学で初めての友達になれるかもしれない。わたしは隣に座った。「みんなはどこ?」ときくと、彼はにっこりしてくれた。それだけで、ちょっと気が楽になる。

「遅刻しないよう、キャンパスじゅうを走り回っているんじゃないかな」その言葉を聞いて、たちまち彼が気に入った。わたしも同じことを考えていたからだ。

「テッサ・ヤングよ」親しみをこめてほほ笑みかける。

「ランドン・ギブソンだ」と、感じのいい笑顔が返ってきた。

授業が始まるまで、ふたりでいろいろおしゃべりをした。ランドンはわたしと同じく文学専攻で、ダコタというガールフレンドがいるらしい。それに、ノアは一学年下だと知っても、驚いたりからかったりしなかった。もっと深く知り合いたいと思ったけど、ほかにも学生が集まってきたので、わたしたちは教授のところへ行って自己紹介をした。

新学期最初の日が過ぎていくなか、一日に五コマも詰めこんだことを後悔した。ふつうは四コマなのに。選択科目の英文学の教室へ急ぐと——これが今日の最後の授業——ぎりぎりセーフだった。最前列にランドンが座っているのを見つけて、ほっとする。幸い、隣の席が空いていた。

「また会ったね」彼は、腰を下ろしたわたしに笑顔で言った。

教授がやってきて、今学期のシラバス（訳注：授業の内容やテーマを説明したもの）を配布しながら、英文学を教えることになった経緯や、自分の研究テーマがもつ魅力などについて話し始めた。

課題となる文献リストについて教授が説明している途中で、ドアが音を立てて開いた。わたしは思わず、落胆の声をもらした。ハーディンが教室に入ってきたからだ。

「もう、最悪」

「ハーディンと知り合いなの？」とランドンが言う。彼ほど感じのいい人にまで知られてるなんて、ハーディンはよほどの〝有名人〟に違いない。

「まあね。ルームメイトが彼と友達なの。わたしはとくに仲良しってわけじゃない」

そうささやくと、ハーディンの緑色の瞳がこちらを見た。聞こえたのだろうか。彼に何かされるかもしれないけど、そんなことはどうでもいい。お互いに相手が大嫌いなんだから。

とはいえ、ランドンがハーディンの何を知っているのかが気になる。好奇心を抑えきれず、わたしは質問した。「あなたは？　彼の知り合い？」

「ああ……彼は……」ランドンは言葉を切り、ちらっと後ろを見た。わたしが顔をあげると、ハーディンがいつの間にか隣に座っていた。それから授業が終わるまでランドンはずっと黙ったまま、教授の顔をひたすら見つめていた。


「今日はここまで。じゃあ、つぎは水曜に」ヒル教授の言葉とともに授業が終わった。

「このクラスがいちばん好きになりそう」校舎の外をいっしょに歩きながら言うと、ランドンもうなずいた。しかし、隣を歩いているハーディンに気づいたとたん、彼は下を向いた。

「何か用、ハーディン？」不愉快な気分にさせてやろうと、口調をまねしたのに、彼はいまにも吹き出しそうな顔になった。

「いや、何も。いっしょのクラスになれたのがうれしくてさ」彼はからかうように言うと、両手で額から髪をかきあげた。手首のすこし上に、不思議なタトゥーが入っている。無限大のシンボルにも見えたが、わたしがまじまじと眺めようとしたのに気づいたのか、彼はさっと手を下ろした。

「じゃあまたね、テッサ」と言ってランドンは去っていった。

「よりによって、クラスでいちばんつまらない男と仲良くなったんだな」ハーディンは彼の後ろ姿を目で追いながら言った。

「やめて、ランドンはすごく感じのいい人よ。あなたと違って」きつい言い方に、自分でも驚く。ハーディンのせいで、わたしのなかの最悪な部分が引きだされてしまう。

彼はこちらを向き直った。「おれと話すたびに、きみは怒りっぽくなるんだな、テレーサ」

「こんどテレーサと呼んだら、そのときは……」そう警告したのに、ハーディンは取り合わなかった。タトゥーやピアスがなかったら、彼はどんなふうに見えるのだろうか。いまもルックスだけは魅力的だけど、ひねくれた性格のせいで台無しだ。

寮に向かって二十歩ほど歩いたところで突然、ハーディンが叫んだ。「じろじろ見てんじゃねえよ！」わたしが返事をする間もなく、彼は角を曲がって歩道へ消えていった。

14章

心身ともにくたくただけど刺激的な日々が過ぎ、ようやく金曜日になった。大学生活最初の週ももうすぐ終わり。この一週間の収穫に満足しつつ、今夜は映画を見ることにした。ステフはたぶんパーティーに行くから、部屋でひとり静かに過ごせる。授業のシラバスも全部手に入れたのでプランニングしやすくなったし、たくさんある課題にも早めに取りかかることができそうだ。わたしはバッグをつかんで早めに部屋を出た。週末にそなえてパワーチャージできるよう、カフェでコーヒーを買うためだ。

「テッサ、だよね？」並んだ列の後ろから女子の声がした。振り向くと、パーティーで見かけたピンク色の髪。モリー、とかステフが呼んでいた子だ。

「そうだけど」と答えてカウンターに向き直る。これ以上、会話をするのは避けたい。

「今夜のパーティー、来る？」そう尋ねてきたけど、わたしをばかにしてるに決まってる。ため息とともにもう一度振り向き、ノーと答えようとした瞬間、彼女が言った。

「来なよ、すごいパーティーになるから」そして、前腕にある大きな妖精のタトゥーに短い指を走らせる。

一瞬、言葉を失ったものの、首を横に振りながら答えた。「ごめん、予定があるから」

「なんだ、残念。ゼッドが会いたがってたのに」

聞いた瞬間、声をあげて笑ってしまったけど、彼女はにんまりした。「何よ？　つい昨日、彼があんたのことを話してたんだってば」

「まさか……だとしても、わたしにはボーイフレンドがいるから」そう言うと、彼女はいかにも楽しげに笑った。

「ふうん、残念。あたしたち、ダブルデートできたのにな」

どうとでも取れる曖昧な発言。でも、ちょうどそのとき、バリスタがわたしのオーダーができたと声を張り上げた。内心ほっとしながらカップをつかむと、すこし乱暴だったせいか、コーヒーがこぼれて手をやけどした。モリーがバイバイと手を振るので、わたしもにっこり笑ってカフェを出たが、頭のなかでは彼女の言葉がぐるぐるしていた。ダブルデートって、誰と？　彼女とハーディン？　あのふたり、ほんとうにつき合っているの？　いくらゼッドが親切そうで魅力的だとはいっても、わたしのボーイフレンドはノア。彼を傷つけるようなことは絶対にしない。今週はあまり話せてないけど、それはふたりとも忙しかったからだ。今夜は電話して、わたしのいない日々をどう過ごしていたのか聞かせてもらわなくては。

コーヒーでやけどをしたり、ミス・ピンクヘアとの気まずい出会いはあったものの、その後はまあまあだった。同じ授業に行く前には、ランドンとカフェで待ち合わせることにしていたので、彼はレンガの壁に寄りかかりながら満面の笑みで迎えてくれた。

「今日の授業は三十分ほどで早退する。言ってなかったけど、週末は実家に飛行機で帰るんだ」ダコタと会えるのはよかったと思うけど、ひとりで英文学の授業を受けるのはちょっと気が重い。ハーディンが来たら、どうしよう。もっとも、彼は水曜の授業にはいなかった。べつに、とくに気にしていたわけではないけれど。

わたしはランドンのほうを向いた。「新学期が始まったばかりなのに?」

「ダコタの誕生日なんだ。もう何カ月も前から、いっしょに過ごそうって約束してたから」彼は肩をすくめた。


授業中、隣に座ったハーディンはひと言も話しかけてこなかった。ランドンが早退したあともそれは変わらなかったが、かえってハーディンの存在が気になってしかたない。

「月曜からは、一週間かけてジェーン・オースティンの『高慢と偏見』を取りあげる」とヒル教授が授業の終わりに言った。わたしは興奮を隠しきれず、小さく歓声をあげてしまった。すくなくとも十回は読んだお気に入りの小説だ。

授業のあいだは話しかけてこなかったくせに、ハーディンが近づいてきた。無関心を装うその目を見ただけで、何を言われるのか予想がつく。

「きみはミスター・ダーシーの大ファンなんだろう？」

「この小説を読んだ女性なら、みんなそうなるわ」わたしは彼の目を見ずに答えた。交差点にさしかかったので、左右を見てから通りを渡る。

「もちろん、きみはそうだろうよ」ハーディンは声をたてて笑い、人通りの多い歩道を進むわたしについてきた。

「あなたには、ミスター・ダーシーの魅力はわからないでしょうね」ハーディンの部屋にあった小説の膨大なコレクション。あれが彼のものだなんて、うそでしょう？

「礼儀知らずで不愉快きわまりない男がロマンチックなヒーローだって？　くだらないね。エリザベスに分別があったら、〝失せやがれ〟と最初から彼に言ったはずだ」

ハーディンの言葉の選び方がおかしくて笑いそうになるのを手でおさえた。他愛のないやりとりや、彼がそばにいるのが楽しいけど、きっと、ひどいことを言われるのも時間の問題だ――あと三分も保てばいいほうだろう。でも、目をあげると、えくぼを浮かべてほほ笑むハンサムな顔に見とれてしまった。眉や唇のピアスもひっくるめて、何もかもすてきだ。

「じゃあ、エリザベスはばか女だってことはきみも認めるんだな？」ハーディンは片方の眉をつりあげた。

「いいえ。彼女は、いままでの小説で描かれた人物のなかでもっとも芯が強く、複雑なキャラクターだと思う」

またもや笑うハーディンに笑みを誘われる。でも、わたしとまともな会話をしている自分に気づくと、彼は急に真顔になった。瞳をきらりと光らせると「またな、テレーサ」と言い、いま来たばかりの方向へ引き返していった。

いったい、なんなの？　彼の行動を分析しようとする前にスマホが鳴った。画面で点滅するノアの名前になぜか罪悪感を覚えながら、電話に出る。

「やあ、テス。ショートメールを返そうかと思ったんだけど、話せたほうがいいかと思って」早口の声が妙に遠く聞こえた。

「なにしてるの？　忙しそうね」

「そんなことないけど、仲間に会いに食堂へ行く途中」

「そう。じゃあ、早めに切るね。きょうが金曜日でうれしい、やっと週末よ！」

「またパーティーに行くの？　きみのお母さんはまだ落胆してる」

ちょっと待って――なぜ、ノアは母に話したの？　ふたりが仲よしなのはうれしい。でもときどき、ボーイフレンドというより、わたしの秘密をバラしてしまう弟みたいに感じる。そんなふうに思うのはいやだけど、ほんとうのことだ。

でも、本人に言うのはやめた。「ううん、今週は寮にいる。会えなくてさみしいな」

「ぼくもだよ、テス。じゃあ、あとで電話して。いいね？」

わたしはうなずき、お互いに「愛してる」と何度か言い合ってから電話を切った。


寮の部屋に戻ると、ステフはまたパーティーへ行く準備をしていた。モリーがカフェで話していたやつだろう。わたしはネットフリックス（訳注：オンデマンドの動画配信サービス）にログインして、どれを観ようかタイトルを眺めた。

「ねえ、やっぱりいっしょに行こうよ。今夜は泊まったりしないから。ちょっとだけでいいの。この狭い部屋でひとりで映画を観てるなんて、地獄だよ！」とごねるステフに笑ってしまう。彼女は逆毛を立てたり、露出のすごく多い緑のドレスにするまで三回も着替えたりしながら、ずっとそんなふうに言っていた。ぱきっとした色が、鮮やかな赤い髪にもよく映えて似合っている。彼女の大胆さがうらやましい。わたしだって、まったく自信がないわけじゃないけど、同年代の女子に比べたらお尻や胸が大きすぎる。こっちはできるだけ胸を隠すような服を着ようとするのに、ステフはできるだけ注目を集める服を選ぶみたいだ。

「うん、わかってる……」調子を合わせたその瞬間、ノートパソコンの画面が真っ黒になった。パワーボタンを押して再起動してみても……画面は黒いまま。

「ほらね！　やっぱりパーティーに行くべきだってサインだよ。あたしのノートパソコンはネイトのアパートメントに置いたままだから、貸してあげられないし」ステフは逆毛をまた立てた。

彼女を見ながら思った。寮の部屋でひとりきり、何をするわけでもなく、映画も観られないなんてつまらない。

「わかった」そう言うと、ステフは両手をたたきながら飛び跳ねた。「でも、真夜中になる前に帰ってくるからね、約束よ」

15章

わたしはパジャマを脱いで、この前買ったばかりのジーンズをはいた。いつものよりすこしタイトだけど、いまは洗濯物がたまっていて、これしかない。シャツは、肩にレースのついた黒の袖なしのシンプルなものにした。

「ワーオ、きょうの服装はすっごくいいねえ」とステフが言う。にっこりすると、またアイライナーを差し出してきた。

「きょうはいらない」泣いたせいでパンダ目になったことを思い出す。なんで、あのフラタニティハウスにまた行ってもいいなんて言っちゃったんだろう。

「あっそう。ネイトの代わりにモリーが車で拾ってくれるから。もうすぐ着くってメッセージがあった」

「彼女、わたしのこと好きじゃないと思う」鏡でチェックしながら、わたしは言った。

ステフが首を傾げる。「はあ？　そんなことないよ。彼女はちょっとビッチで、正直すぎるときがあるだけ。それに、あなたにちょっとビビってるんだってば」

「ビビってる？　彼女がわたしに？　まさか！」わたしは笑ってしまった。ステフは完璧に取り違えてる。

「だって、あなたはあたしたちと違いすぎるから」彼女はにっと笑った。「それはわかってる。でも、〝違ってる〟のは彼女たちのほうだ。「だけど、モリーを気にする必要なんてないよ。今夜はほかのことで頭がいっぱいだから」

「ほかのことって、ハーディン？」考えるより先に言葉が出てしまった。しらばっくれて鏡を見続けたものの、ステフが片方の眉をつりあげているのが目に入る。

「ううん、たぶんゼッド。モリーは毎週、男を取っ替え引っ替えするの」

友達をそんなふうに言うなんてひどい。でも、ステフは笑顔のまま、髪のトップ部分を直していた。

「モリーは、ハーディンとつき合ってるんじゃないの？」ベッドの上でいちゃついていたふたりの姿が頭に浮かぶ。

「あり得ないよ。ハーディンはつき合ったりなんかしない。いろんな女子と寝るけど、デートは誰ともしないの。絶対に」

「なるほど……」わたしはそう答えるしかなかった。

今夜のパーティーも先週と同じだった。芝生やハウスは酔っぱらった学生でいっぱい。どうしよう、寮の部屋で天井でも眺めていればよかった。

モリーはハウスに着くとすぐに消えた。ソファの空いているところを見つけて一時間ほど座っていると、ハーディンが歩いてきた。

「きょうは……感じが違うな」彼はちょっと口ごもった。わたしの全身をじろじろ見てから、顔にまた視線を移す。値踏みしているのを隠そうともしない目つき。彼が目を合わせるまで、わたしは黙ったままでいた。「その格好はよく似合ってる」

あきれた。いつもみたいに、体の線が見えない服を着てくればよかった。わたしはシャツの裾を思いきり引っぱった。

「ここで会うなんて驚きだな」

「こっちだって、また来てしまったのが驚きよ」わたしはその場を離れた。ハーディンは追ってこなかったけど、なぜか、追いかけてきてほしいと思ってしまった。

二、三時間もすると、ステフはまた酔っぱらった。というか、ほかのみんなもそうだった。

「〈真実か挑戦か〉のゲームをしようぜ」ろれつの回らないゼッドが言うと、まわりにいた仲間たちがソファに集まってきた。透明な液体の入った瓶をモリーに渡されて、ネイトががぶ飲みする。ハーディンは赤いカップからひと口飲む。大きな手がカップを覆い隠すほどだ。ゲームにはもうひとり、パンク系の格好をした女子が加わった。あとはハーディン、ゼッド、ネイト、ネイトのルームメイトのトリスタン、モリー、ステフだった。

〈真実か挑戦か〉というのは定番のパーティーゲームのひとつで、真実を選んだ人は、恥ずかしい質問にも正直に答えなければならない。挑戦を選ぶと、無謀なことをさせられる。酔っぱらいばかりでやる〈真実か挑戦か〉なんて、絶対まずいことになる。そう考えていると、モリーがにやりとした。「あんたもやろうよ、テッサ」

「ううん、遠慮しておく」わたしは彼女の目を見ないよう、カーペットに視線を落とした。

「やる気があるなら、上品ぶるのを五分ほどやめないといけないな」ハーディンが言うと、ステフ以外の全員が笑った。彼の言葉が怒りに火を点けた。わたしはお上品ぶってなんかいない。たしかに自由奔放なタイプではないけど、修道院に閉じこもる尼僧でもない。ハーディンをにらみつけ、彼らが作る小さな輪に加わってあぐらをかく。

ネイトと、名前も知らないパンク女子のあいだだ。ハーディンが笑ってゼッドに何かささやくと、ゲームが始まった。

最初のうちは、ゼッドがビールの一気飲みに挑戦させられたり、モリーがむき出しの胸を思いきり見せていた。真実を選んだステフは、乳首にピアスをしていることを白状させられた。

「真実か挑戦か、テレーサ？」ハーディンに尋ねられて、わたしはひるんだ。

「真実……にしようかな」

「やっぱりな」ばかにしたように笑われたのにも取り合わずにいると、ネイトが楽しげに両手をこすり合わせた。

「さてと、きみは……バージンか？」ゼッドの質問に思わず咳きこむ。でも、立ち入った内容の質問に驚いているのは、ほほを赤くしているわたしだけ。みんなは固唾《かたず》をのんでこちらを見守っている。

「で、どうなんだ？」ハーディンにせっつかれる。この場から逃げたくなったけど、わたしはうなずいた。当たり前だ、バージンにきまってる。ノアとだって、抱き合ってお互いの体をまさぐるまねごとをしただけなのに。もちろん、服は着たままだった。

それでも、あからさまに驚く人はいなかった。全員、興味津々といった顔をしている。

「ノアと二年もつきあってるのに、セックスはしてないってこと?」ステフに聞かれて、居心地が悪くなる。

わたしはうなずくことしかできなかった。「ハーディンの番よ」注意をそらしたくて、あわてて言葉を継いだ。

16章

「挑戦だ」ハーディンはさっさと答えた。緑色の瞳が食い入るようにこちらを見る。つぎのターゲットはきみだ、大胆なことをやらされるのはきみのほうだと言わんばかりの激しい視線。

わたしは口ごもった。こんな反応を示されるとは思ってもみなかったし、ちゃんと考えていなかったからだ。どうしよう、何を挑戦させればいい? ハーディンはなんだってするはずだ。わたしに負けを認めるようなことは絶対にいやなはずだから。

「えっと……そうね。じゃあ、やれるものなら……」

「なんだよ?」ハーディンはいらいらと声をあげた。ここにいる全員をほめてちょうだいと言いそうになったけど、やめた。

「シャツを脱いで、ゲームが終わるまでずっとそのままでいて！」とモリーが大声をあげたので、ほっとした。もちろん、ハーディンがシャツを脱ぐからではない。自分では何も思いつかなくて、彼女が代わりに指示を与えてくれたからだ。

「お子さま向けの挑戦だな」ハーディンは文句を言いつつ、シャツを背中から引っぱりあげて脱いだ。そんなつもりはなかったのに、しなやかな上半身に目が吸い寄せられる。意外にも日焼けした肌一面に、黒っぽいタトゥーが入っていた。胸には鳥が飛び、腹部には大きな樹が描かれている。枝に葉はなく、どこか不気味だ。上腕部には、思っていたよりずっとたくさんの絵柄が彫られていた。肩や腰のあたりは、無作為にいろいろなイメージや像が散っている。ステフに小突かれてやっと、わたしは目をそらした。じろじろ見ていたのが気づかれていないよう、祈るしかなかった。

ゲームはまだまだ続いた。モリーはトリスタンとゼッドの両方にキスをし、ステフは自分の初体験を告白した。ネイトもパンク女子にキスをした。

わたしはなぜ、セックスのことしか頭にない不良に混じって、こんなところにいるのだろう？

「テッサ、真実か挑戦か？」トリスタンがこっちを向いた。

「質問する必要があるか？　彼女は、真実しか――」ハーディンが言いかける。

「挑戦する」ここにいるみんなはもちろん、自分をも驚かせるようなことを言ってしまった。

「じゃあ……テッサ、きみには……ウォッカをワンショット飲んでもらおうか」トリスタンはほほ笑んだ。

「わたし、お酒は飲まないの」

「それが、このゲームの肝《きも》なんだよ」

「いや、やりたくないなら……」とネイトが言いかける。ハーディンとモリーをちらっと見ると、わたしをばかにしているのか、ふたりで笑っていた。

「いいわ、ワンショットね」ハーディンにはまたしても見下したような顔をされるものと思っていたら、むしろ怪訝《けげん》な表情でこちらを見ている。

透明なウォッカの入った瓶を渡された。瓶の口に鼻をつけてしまい、強烈なにおいにむせそうになる。くすくす笑われるのを無視して、わたしは鼻をつまんだ。これまで何人の人間が直飲みしたのか……そんなことは考えずにひと飲みすると、熱く焼けるような感覚がのどを通っていく。なんとか吐かずにすんだけど、ひどい味だ。みんな手をたたいて笑っている――でも、ハーディンだけは違った。彼がどんな人間か知らなかったら、怒っているのか、がっかりしているのだと勘違いしていただろう。とにかく、彼は変わってる。

すこし経つと、ほほがほてってきた。それから挑戦でウォッカを飲むたび、体内を回るアルコールの量が増えていった。はやし立てられて飲んでいるうちに、くつろいでいい気分になってきた。そう思うと、すべてが楽になったような気がする。まわりにいる人たちも、前より楽しい仲間に思えてきた。

「さっきと同じ〝挑戦〟を」ゼッドが笑いながらひと口飲んで、瓶を回してきた。これで五回目だ。みんながどんな真実や挑戦をやってきたのか、記憶にない。思いきってふた口飲むと、瓶をひったくられた。

「もう十分だろ」ハーディンが瓶を渡すと、ネイトがひと口飲んだ。

ハーディン・スコットは何様のつもり？　みんながまだ飲んでるんだから、わたしだっていいはずだ。ウォッカの瓶をネイトから奪ってまた飲んだ。口をつける前に、ハーディンのほうを向いてにやりと笑ってみせる。

「いままで酒を飲んだことがないなんて信じられないよ、テッサ。楽しいだろ？」ゼッドに言われて、わたしはくすくす笑った。無責任な行動をするなと母に言われたのを思い出したけど、もう気にしない。たったひと晩のことだもの。

「ハーディン、真実か挑戦か？」モリーが尋ねる。彼はもちろん「挑戦」と答えた。

「じゃあ、テッサにキスして」彼女は心にもない笑顔を見せた。

ハーディンが目を丸くする。アルコールのおかげで何もかも刺激的だったけど、わたしは彼から逃げたくなった。

「だめよ、ボーイフレンドがいるから」そう言うと、みんながどっと笑った。今夜は何百回笑われただろう。なんで、わたしをばかにして笑う人たちといっしょにいるの？

「だから何？　ただのゲームだよ。さっさとして」モリーがプレッシャーをかけてくる。

「やだ、誰ともキスなんかしない」わたしは立ちあがった。ハーディンはこちらも見ずに、カップの中身を口にした。気分を害したのだろうか。だとしても、もうどうでもいい。こんなふうに彼とかかわり合うのはうんざりだ。彼はわたしを嫌ってるし、とにかく失礼すぎる。

立ちあがると、アルコールの影響がもろに来た。ちょっとよろけたものの、みんなの輪からなんとか離れる。人ごみを抜けて玄関から外へ出ると、秋風が吹いてきた。目を閉じて新鮮な空気を吸ってから、いまやおなじみとなった石壁に座る。自分でも気づかぬうちにスマホを手にして、ノアに電話をかけていた。

「もしもし」懐かしい声がウォッカの回った頭に響き、よけいに彼が恋しくなる。

「もしもし……元気？」わたしは膝を胸に抱えた。

一瞬の沈黙。「テッサ、酔っぱらってるの？」正面から批判するような声。やっぱり、電話なんかするんじゃなかった。

「ううん……もちろん違うわ」うそをついて電話を切り、電源をオフにする。かけ直してほしくない。ウォッカでいい気分になっていたのに、ノアのせいで台無しだ。ハーディンにされたことよりずっとひどい。

酔っぱらった男子学生の下品な言葉や口笛を無視しながら、わたしは千鳥足でなかへ戻った。茶色の液体の入った瓶をキッチンのカウンターから取り、ひと口大きくあおる。ウォッカよりまずくて、のどが焼けそうだ。口直しがほしくて、なんでもいいからカップを探した。結局、キャビネットのなかからガラスのコップを出して、シンクで水を汲んで飲んだけど、すこしはましになったという程度だった。人ごみのすきまから向こうをのぞくと、〝友人たち〟が車座のまま、あのばかげたゲームをやっていた。

ほんとうに、わたしの友達？　とてもそうは思えない。彼らは世間知らずをばかにして笑いたいだけだ。わたしにキスしろとハーディンに言うなんて、モリーはよくも――ボーイフレンドがいるのを知っているくせに。彼女と違って、わたしは誰とでもいちゃいちゃするタイプじゃない。いままでにキスした男子はノアと、そばかす顔のジョニーだけ――彼は三年生のときの同級生で、キスしたあとにすねを蹴られたっけ。ハーディンは、言われたとおりキスするつもりだった？　まさか、そんなのあり得ない。ふっくら薄桃色をしたあの唇……キスしようと顔を近づけてくるハーディンの姿を想像して、やけに脈が速くなる。

いったい、どういうこと？　なぜ、そんなふうに彼のことを考えているの？　もう、二度とお酒なんか飲まない。

数分後、部屋がぐるぐる回って気持ち悪くなってきた。気づくと、自然と二階のバスルームへ行って便器の前に座っていた。すぐにも吐くと思ったのに、何も出てこない。わたしはうめき声とともに立ちあがった。寮に戻るつもりだったが、ステフがその気になるまで何時間もかかるだろう。やっぱり、ここには来るべきじゃなかった。

自分をとめる間もなく、この大きすぎるフラタニティハウスのなかで唯一知っている部屋――ハーディンの寝室――のドアノブを回すと、なんの問題もなく開いた。いつも鍵をかけていると彼は言っていたのに。前に入ったときと変わらないようだが、部屋全体が動いているみたいに足元がおぼつかない。『嵐が丘』は棚にはなく、ベッド脇のテーブルの上に『高慢と偏見』といっしょに並べてあった。わたしは、ハーディンが授業で言ったことを思い出した。まちがいなく、彼はこの小説を読んだことがある――しかも、ちゃんと内容を理解している――この年代の男子にはすごく珍しいことだ。たぶん、授業の課題で前に読んだのかもしれない。でも、なぜ『嵐が丘』がここに？　わたしは本を取りあげてベッドに座り、ページを繰った。文字を追ううち、部屋がぐるぐる回っていたのがとまる。

キャサリンとヒースクリフの世界にすっかり入りこんでいたせいで、ドアが開く音も聞こえなかった。

「〝この部屋は出入り禁止〟と書いてあるのに、どの部分が理解できなかったんだ?」

ハーディンの大声が響く。怒っている表情は怖いけど、どこかおかしくもあった。

「ご、ごめんなさい……あの……」

「出ていけ」吐き出すような言葉に、わたしは彼をにらみつけた。ウォッカの影響がまだ残っていて、怒鳴られたままでいるつもりなどなかった。

「そんなに意地悪なことばかり言わなくてもいいでしょ!」思った以上に大声で叫ぶ。

「入るなと言い渡してあるのに、きみはおれの部屋にまた入ってきた。だから、出ていけと言ってるんだ!」ハーディンは怒鳴りながら近づいてきた。

軽蔑するような目で見下ろされ、自分がこの世で最悪の人間みたいな気にさせられたせいで、わたしのなかで何かがキレた。わずかに残っていた冷静さを失い、頭にあったものの、ずっと避けてきた質問をしてしまった。

「なぜ、わたしを好きになってくれないの?」ハーディンを見ながら問いつめる。

とくにおかしい質問ではない。でも、すでに傷ついているわたしのプライドが彼の答えを受け入れられるとは、とても思えなかった。

17章

ハーディンがこちらをにらむ。けんか腰だけど、どうしたらいいかわからないといった目つき。「なぜ、そんなことをきく?」

「わからない……だって、こっちは感じよく接してるのに、あなたはただ無礼なだけだし。実は友達になれるかも、と思ったときだってあったのに」自分でもばかげた台詞に聞こえて、鼻のつけ根を指で押さえながら彼の返事を待った。

「おれたちが?　友達?」ハーディンはお手上げだとばかりに笑い飛ばした。「そんなの、なれるわけがない。わかりきったことだろう?」

「わたしにはわからない」

「まず、その堅苦しいところだ――きみは同じような家が立ち並ぶ住宅地で、絵に描いたような理想の家庭で育ったんだろうな。きみにねだられたら、両親はなんでも買ってくれて、何不自由ない暮らしをおくってきた。プリーツスカートなんかはいちゃってさ。十八歳でそんな格好するやつがどこにいるんだよ?」

驚きに目が丸くなる。「何も知らないくせに、ばかにしないで!　わたしの人生はそんなものじゃなかった!　わたしが十歳のとき、アルコール依存症の父は出ていった。母は、娘が大学に行けるよう必死に働いたのよ。わたしだって家計を助けるために、十六歳になってすぐ働き始めた。プリーツスカートは好きだからはいているの！人とあなたのまわりの女子みたいに、売春婦紛いの服装じゃなくて悪かったわね！　人と違った格好や言動をして目立とうと躍起になるくせに、自分と違う人間に対しては勝手に決めつけて批判するなんて傲慢よ！」そう叫ぶと、涙が目にあふれてきた。

こんな姿をハーディンの目に焼きつけたくない。くるりと背を向けたものの、彼が両手を拳に握っているのが見えた。なんだか怒っているみたいだ。

「いずれにせよ、あなたと友達になんてなりたくない」わたしはドアノブに手をかけた。さっきはウォッカが勇気をくれたのに、こんなふうに怒鳴り合うこの状況がやけにさみしい。

「どこへ行くつもりだ？」予想外の質問。ひどく不機嫌な声だ。

「バス停に行って、寮に戻る。もう二度とここには来ない。あなたたちと仲良くしようとするのはもうむり」

「ひとりでバスに乗るには遅すぎる」

ぱっと振り向き、ハーディンをにらんだ。「本心から心配してるんじゃないくせに」そして、やけくそで笑った。もう、彼の気分の変化にもついていけない。

「心配してるんじゃない……警告してるだけだ。やめたほうがいい」

「だって、ほかに選択肢がないもの。みんな酔っぱらってる――わたしも含めて」

つぎの瞬間、涙が出てきた。よりによって、ハーディンに見られるなんて。しかも、これで二度目だ。

「きみは、パーティーに来るといつも泣くのか？」ひょいと頭を下げた彼は笑っているようだった。

「あなたがいるパーティーではね。行ったことがあるのは、この二回だけだから……」わたしはふたたび手を伸ばして、ドアを開けた。

「テレーサ」低く優しい声だったので、もうすこしで聞き逃すところだった。彼の表情がぜんぜん読めない。またしても部屋がぐるぐる回り始めて、わたしはドア近くにあるドレッサーの端をつかんだ。「大丈夫か？」と尋ねられて、吐き気をこらえてうなずいた。「すこし座ったほうがいい。バス停に行くのはそれからにしろ」

「あなたの部屋には、何人《なんびと》たりとも入っちゃいけないと思ったけど」

床に座りこんでしゃっくりを始めると、ハーディンはすぐに怖い顔をした。「おれの部屋で吐いたりしたら……」

「水が欲しいだけよ」

「ほら」彼は、立ちあがろうとするわたしの肩を押さえて座らせ、赤いカップを渡してくれた。

「冗談でしょ。わたしはそれを押しやった。「水って言ったのよ。ビールじゃないわ」

「水だ。おれは、酒は飲まない」

笑いのような、驚きに息をのむような声が出てしまった。ハーディンがお酒を飲まないなんて、まさか。「すっごくおかしい、爆笑ものね。ここに座って面倒見てくれるわけじゃないでしょ？」わたしはひとりでくだを巻いていたかった。ほろ酔い気分もさめて、ハーディンを怒鳴ったのが後ろめたくなる。「あなたは、わたしのなかの最悪の部分を引きだすのよ」なんの気なしについ、つぶやく。

「ひどい言われようだな」彼の口調にふざけているところはなかった。「いや、ここに座って面倒を見る。きみは生まれて初めて酔っぱらってるし、おれがいないところで勝手に物をいじるくせがあるから」ハーディンはベッドに腰を下ろして脚を投げ出した。わたしは立ちあがってカップをつかみ、ごくごく飲んだ。かすかなミントの味に、彼の唇はどんな味がするのか想像してしまう。飲んだ水が胃に到達すると、焼けるような感覚がすこしおさまった。

もう二度とお酒なんか飲まない。床に座りながら、自分に言い聞かせた。

しばらく沈黙が続いたのち、ハーディンが口を開いた。「質問してもいいか？」

彼の表情を見れば、ノーと言うべきだった。でも、部屋はまだぐるぐるしているし、話をしたら気分もましになるかもしれない。「どうぞ」

「大学を出たら、何をしたい？」

わたしは、これまでとは違った目でハーディンを見た。こんな質問をされるとは思ってもみなかった。どうしてまだバージンなのか、なぜお酒を飲まないのか、とかそんなことだと思いこんでいたのだ。

「作家になるか、出版社に勤められたらいいな。どちらでも実現するのが早いほう」

ハーディンに対して正直に答えてはいけなかったかもしれない。どうせ、ばかにして笑われるだけだ。でも、何も言い返されなかったので、思いきって同じ質問をしてみたが、彼はあきれた顔をするばかりで答えてくれなかった。

しばらくして、無駄だろうと思いつつ質問した。「ここにあるのは、あなたの本？」

「そうだ」ハーディンはつぶやいた。

「いちばん好きな本はどれ？」

「そういう質問には答えない」

わたしはため息をつき、ジーンズの小さなほつれをいじった。

「きみがまたパーティーに来たのを、ミスター・ロジャースは知ってるのか？」

「ミスター・ロジャース？」わたしはハーディンの顔を見上げた。子ども向けの教育番組に出てくる、有名なあのおじさんのこと？

「きみのボーイフレンドさ。あんな間抜けなやつ、見たことない」

「そんなふうに言うのはやめて。彼は……思いやりのある善い人よ」どもったのをハーディンに笑われて、わたしは立ちあがった。ノアのことなんて知らないくせに。

「あなたが、彼みたいな思いやりのある善い人になるなんて、夢のまた夢だわ」

「思いやりのある善い人？　ボーイフレンドを言い表すのに、そんな言葉しか出てこないのか？　〝善い人〟だなんて、退屈なやつって遠回しに言うのと同じだ」

「あなたはノアを知らないくせに」

「ふん、おもしろみのないやつだってことは知ってる。カーディガンとローファーを見ただけでわかるね」頭をのけぞらせて笑うハーディン。彼のえくぼに、わたしの目は吸い寄せられた。

「ノアはローファーなんて履かない」そう言ったものの、口元を手で隠さなければならなかった。彼をだしにして、ハーディンと笑いそうになったからだ。わたしはカップを取り、もうひと口、水を飲んだ。

「二年もつき合ってるのに、まだきみと寝てないってことは、やつはがちがちの堅物ってことだよ」

飲みかけた水を吹き出しそうになる。「いま、なんて言ったの？」せっかく仲良くなれると思ったのに、ひどい。

「聞こえただろ、テレーサ」彼は意地悪く笑った。

「あなたって最低」うなるように言って、半分空になったカップを投げつける。彼は思ったとおりの反応を示した。思いもよらぬ攻撃にショックを受けている。彼が顔を拭いているすきに、わたしは本棚を支えにして立ちあがった。何冊か本が床に落ちたけど、無視して部屋を飛び出る。転びそうになりながら一階へ下り、人ごみをかきわけてキッチンへ行く。怒りが吐き気にまさった。いまはとにかく、ハーディンの意地悪な笑顔を頭から振り払いたい。別の部屋に集まっている人たちのあいだにゼッドの黒髪を見つけたので行ってみると、彼はハンサムなお坊ちゃんタイプと座っていた。

「よう、テッサ。こいつ、おれの友達のローガン」とゼッドが紹介してくれた。

ローガンは笑顔になり、持っていた瓶を差し出してきた。「飲む?」焼けるような感覚が心地いい。体にまた火がついたようになり、わたしは一瞬、ハーディンのことを忘れた。

「ねえ、ステフを見なかった?」

ゼッドは首を横に振った。「トリスタンといっしょに帰ったんじゃないかな」

帰った? いったいどういうこと? もっとよく気をつけておくべきだったのに、ウォッカのせいで判断力が鈍ってしまった。でも、ステフとトリスタンはお似合いのカップルだ。さらに二、三度、ぐいと酒をあおると、なんだかいい気分になった。

だからみんな、始終お酒を飲むのだろう。今後、いっさいのアルコールを断つとついさっき誓ったのをぼんやり思い出した。でも、酔っぱらうのはそれほど悪いことでもなかった。

十五分後、ゼッドとローガンのせいで笑い過ぎてお腹が痛くなった。ハーディンなんかよりずっと楽しい人たちだ。「ハーディンってほんと、いやなやつね」わたしの言葉にふたりともにんまりする。

「ああ、たしかに」ゼッドが腕をわたしの体に回してきた。押しのけたいけど、ぎこちないところは見せたくない。彼にそんなつもりがないのはわかっていたからだ。やがて、人がだんだん少なくなり、わたしもなんだか帰りたくなってきたが、寮に戻る手段がないことを思い出した。

「バスって、ひと晩じゅう走ってる?」回らない口でなんとか尋ねると、ゼッドは肩をすくめた。ちょうどそのとき、ハーディンのくしゃくしゃの髪が目の前に現れた。

「ゼッドとよろしくやることにしたのか?」よくわからない感情がにじむ声。

立ちあがって押しのけようとすると、腕をつかまれた。彼には遠慮ってものがない。

「放してよ」また顔に投げつけてやるカップを探しながら、わたしは言った。「バスがあるかどうか、きいてただけなんだから」

「落ち着け……もう、午前三時。バスなんか走ってない。いきなり大酒飲みになったせいで、またしても帰れなくなったな」きらりと光る瞳がいかにもばかにしているようで、平手打ちしてやりたくなる。「もっとも、ゼッドといっしょに帰るつもりなら話は別だが……」

ハーディンが腕を放したので、わたしはすぐにゼッドとローガンの座っているソファへ戻った。それが彼をいらいらさせるとわかっていたからだ。彼は立ったまましばらくうなずいていたかと思うと、むっとしてどこかへ行った。わたしは先週末と同じ部屋が空いていることを祈りながら、二階へ部屋を探しに行こうとゼッドに言った。

18章

例の部屋は見つかったが、ベッドのひとつは残念ながら、酔いつぶれていびきをかく男子に占領されていた。

「すくなくとも、もうひとつのベッドは空いてるよ!」ゼッドはけらけらと笑った。

「おれは歩いてうちに戻る。きみも来る？　ソファで眠れるけど」

朦朧《もうろう》とした頭を働かせて、なんとか考えてみた。ゼッドは、ハーディンみたいにおぜいの女子とベッドをともにしてる。ここで彼についていったら、キスしてもいいと言ったことに……なる。ゼッドのようなハンサムなら、女子のほうだって、キス以上のものを捧げてもいいと思うだろう。

「ステフが戻ってきたらいけないから、ここに残る」

ゼッドは一瞬、がっかりした表情を見せたものの、わかったというようにほほ笑み、気をつけるようにと言って、さよならのハグをしてくれた。彼が出ていってドアが閉まると、やっぱりロックせずにはいられなかった。だって、どんな人間が入ってくるかわからない。ベッドの上の男子はすっかり眠りこけていて、すぐには起きてこないだろう。一階にいたときはあんなに疲れていたのに、いまはなぜか目が冴えてしかたない。気づくと、ノアとわたしがまだ清い関係でいることについてハーディンに言われたことを考えていた。週末ごとに違う女子と寝る彼には変に見えるかもしれないけど、ノアは礼儀をわきまえてるだけ。わたしたちの関係にセックスなんて必要ない。ほかにもいろんなことをいっしょにやって楽しく過ごしてる……たとえば……映画に行くとか、散歩するとか。

ベッドに横になったものの、眠れぬまま天井のタイルの数を数えていた。酔っぱらいの男子が時おり音を立ててたけど、わたしはそのうち目を閉じてうとうとしはじめた。

「見かけない……顔だな」ふいに耳元で低い声がした。飛び起きた拍子にあごが彼の頭にぶつかり、舌を嚙んでしまう。彼の手はベッドの上、わたしの太腿のすぐそばにあった。息遣いは荒く、アルコールとゲロのにおいがした。「名前はなんていうんだ、かわいこちゃん？」あまりの臭さに息が詰まる。片方の腕で押しのけようとしても、うまくいかない。彼は声をあげて笑うばかりだった。

「乱暴するつもりはない——ふたりでちょっと楽しもうぜ」彼が唇を舐めると、よだれがあごまで垂れた。

胃がむかむかして、彼に思いきりひざ蹴りすることしか考えられなかった。強烈な一撃を、まさにあの部分にお見舞いしてやる。彼が股間を押さえてひっくり返ったすきに、ドアへ急いだ。震える指でようやくロックを外して廊下へ転がり出ると、何人かに変な目で見られた。

「戻ってこいよ！」気持ち悪い声が、あまり遠くない背後から聞こえた。奇妙なことに、こんなふうに女子が廊下で追いかけられるのを見ても、誰も驚いていない。彼は一メートルも離れていないところにいたが、足元がふらふらなせいで壁にぶつかってばかり。わたしは脚が勝手に動き、このフラタニティハウスで唯一知っている部屋を目指して廊下の端まで走った。

「ハーディン、ハーディン、お願い、開けて！」片手でドアをたたき、もういっぽうの手でロックされているドアノブをがちゃがちゃ回す。

「ハーディン！」もう一度叫ぶと、ドアがぱっと開いた。なぜ、よりによって彼の部屋に逃げこもうとしたのか自分でもわからないけど、酔っぱらいにいいようにされるより、ハーディンに厳しく非難されるほうがはるかにましだ。

「テス?」訳がわからないという声で言いながら、彼は目をこすった。黒のボクサーパンツだけという姿で、髪はありとあらゆる方向に立っている。変な話だが、テスと呼ばれたことより、半裸の彼がこんなにすてきに見えたことのほうに驚いた。

「入ってもいい? あの男子が……」背後をちらと見た。ハーディンはわたしを押しのけて廊下を見た。彼と目が合ったとたん、追いかけてきた男は表情を一変させた。もう一度わたしを見てから方向転換し、廊下の向こうへ戻っていく。

「彼を知ってるの?」

「ああ、なかへ入れ」ハーディンはわたしの腕をつかんで部屋に引き入れた。彼がベッドへ歩いていくのを目で追いながら、わたしはタトゥーの下の筋肉の動きにくぎづけになった。胸や両腕、腹部がすべてタトゥーに覆われていることを思うと、背中に何も入っていないのはすこし変だ。ハーディンはまた目をこすった。「大丈夫か?」

起こされたばかりだからか、声がすごくかすれている。

「えっ……うん。こんなふうに来て、起こしちゃってごめんなさい。もう、どうすればいいか——」

「心配しなくていい」ハーディンはぼさぼさの髪をかきあげてため息をついた。「やつに何かされたのか？」皮肉やからかうような調子はなかった。

「ううん。もっとも、彼は触ろうとしてきたけど。見ず知らずの酔っぱらいがいたのに、ドアをロックしちゃったの。ばかでしょ？　だから、悪いのはわたし」あの気持ち悪い男子に触られることを想像すると、またしても泣きたくなった。

「きみのせいじゃない。こういう……状況に慣れていないからだ」思いやりがあり、いつもとまったく違う口調。わたしはベッドのほうへ歩き、無言のまま許可を求めた。ハーディンがベッドをぽんとたたいたので、

「慣れようとも思わない。これで絶対、最後にする。ここへ来る……というか、パーティーに行くのはもうおしまい。だいたい、どうしてまた来たりしたんだろう。それに、さっきの男……とにかく……」

「泣くな、テス」ハーディンがささやく。

おかしなことに、わたしは自分が泣いているのにも気づかなかった。ハーディンが手を上げる。びくっと体を引きそうになったが、その前に彼の親指がほほの涙をとらえた。優しく触れられたのに驚いて、思わず目が丸くなる。この人は誰？　不機嫌で無礼なハーディンはどこ？　顔を上げて見つめると、彼の瞳孔が大きく開いていた。

「こんなに灰色の目をしているなんて、気づかなかった」近寄らないと聞こえないほど小さな声でハーディンが言う。わたしのほほにはまだ、彼の手があった。頭がぐる

ぐるしてきた。彼は下唇ごと口《くち》ピアスを噛んだ。目が合ったけど、わたしは下を向いた。何がどうなっているのかわからない。でも、ほほから手が離れたとき、もう一度彼の唇を見つめた。わたしのなかで自制心と欲望がせめぎ合う。

そして、自制心が負けた。ハーディンのふいを突くように、わたしは彼の唇に唇を押し当てた。

19章

何をしているのか自分でもわからなかったけど、もう抑えられなかった。唇を重ねると、ハーディンは息をのんだ。彼の唇は想像したとおりの味だった。舌先でかすかにミントの味を感じていると、彼は口を開けてキスを始めた。唇に触れるだけじゃない、ほんとのキス。温かな舌でそっと舌をなぞられ、ほほに口ピアスの冷たい感触がしたとたん、火がついたように全身が熱くなる。こんなふうに感じたのは初めてだ。彼は片手でわたしのほほをそっと包んでから、両手を腰に回してきた。それからすこし後ろに下がり、わたしの唇に軽く口づける。

「テス」彼はささやくように言うとすぐに唇を重ね、また舌を差しいれてきた。その瞬間、わたしの脳は機能を停止した。駆け抜ける衝撃と興奮に全身から力が抜ける。ハーディンは腰をつかんでわたしを引き寄せながら、キスを続けたままベッドに横たわった。どうしたらいいのかわからず、わたしは両手を彼の胸板にそっと当てて胴にまたがった。彼の肌は熱く、荒い息遣いで胸が上下している。唇が離れたことに抗議の声をあげようとすると、いつの間にかそれはわたしの首筋に触れていた。ハーディンはわたしの髪をつかんで頭を動かないようにしながら、うなじにキスを続けた。かすめるような舌を追いかけて、せつない吐息が肌の上を走る。鎖骨を歯でなぞられ、わたしはうめき声をもらした。肌をそっと吸われるたびに、快感が全身を貫く。ハーディンやアルコールに酔っていなかったら、恥ずかしくてたまらなかっただろう。こんなキスをしたのは初めてだ。ノアが相手のときだって、こんなことはなかった。

ノア！

「ハーディン……やめて」自分のものとは思えない、低くかすれた声。口のなかがからからだ。

でも、彼はやめなかった。

「ハーディン！」きっぱり言い放つと、彼はつかんでいた髪を放した。欲望にけぶっているが、さっきの荒々しさがすこし薄れた瞳。唇は、キスを続けていたせいでピンク色に腫れている。「だめよ」このままキスしていたいけど、やっぱりできない。

ハーディンの目から穏やかさが消えた。わたしをベッドの端に追いやるようにして、彼が体を起こす。何、どういうこと？

「ごめんなさい、悪かったのはわたしだわ」これ以外に言葉が思い浮かばない。いまにも胸から心臓が飛び出そうだ。

「悪かった、って何が？」ハーディンはドレッサーのところへ歩いていき、黒のTシャツを頭からかぶって着た。ボクサーパンツを見ると、前の部分がひどくきつそうだ。

わたしは顔を赤くしながら目をそらした。「あなたにキス……」と言ったものの、心のなかでは謝罪などしたくなかった。「どうして、あんなことしたのかわからない」

「ただのキスだ。特別なことじゃない」

なぜか、ハーディンの言葉に胸が痛くなる。彼がわたしとは違う気持ちでいるのが気になるわけではない……ちょっと待って、わたしの気持ちって何？ 彼のことなんか好きじゃない。酔っているせいで、魅力的に見えるだけ。ひと晩じゅうお酒を飲み続けたから、キスしたくなっただけだ。でも、こんなことがまた起こってほしいと心の奥でつぶやく声を、わたしは必死で抑えた。ハーディンは、酔っぱらいのおふざけに調子を合わせてくれただけだ。

「じゃあ、このことではふたりとも大騒ぎしないよね？」バラされたら、恥をかくことになる。いまのわたしはわたしじゃない。パーティーで酔っぱらったり、ボーイフレンドを裏切ったりするような人間じゃなかったはずだ。

「心配するな、おれだってこんなこと知られたくない。もう、こんな話はやめろ」

傲慢で偉そうな態度がかえってきた。「そうやってまた、いつものあなたに戻るわけね」

「いつものおれ、とかなんだよ？　きみがおれにキスをした――しかも無理やり――だからといって、特別な絆ができたわけじゃないからな」

無理やり？　わたしの髪をつかんだ手、キスする前にささやいた〝デス〟という声を、いまもはっきり覚えているのに。

わたしは弾かれたようにベッドを下りた。「あなたが止めればよかったじゃない」

「逆ギレするなよ」嘲るような返事に、またしても泣きたくなる。彼のせいで感情がコントロールできない。無理やりキスされたと思われるなんて恥ずかしすぎて、わたしは両手で顔を覆ったままドアのほうへ向かった。

「今夜は行くところがないんだろ。ここにいればいい」ハーディンがつぶやいたけど、わたしは首を横に振った。そばになんていたくない。これもぜんぶ、彼のかけひきの一部だ。部屋にいてもいいと言って、自分がまっとうな人間と思わせたつぎの瞬間、わたしの額にいやらしい落書きをしたりするにきまってる。

「いいえ、結構よ」わたしは部屋を出た。名前を呼ばれたような気がしたけど、無視して階段まで歩く。外に出てひんやりした風を感じながら、いまやおなじみとなった石壁に座って、スマホの電源をいれた。もうすぐ朝の四時。五時にはシャワーを浴びて、勉強を始めているはずだったのに、こんな暗がりでひとりきり、崩れそうな石壁に座っているなんて。

朝まで騒いでいた人たちがあたりを歩いている。どうしたらいいかわからず、スマホの画面をスクロールしていくと、ノアや母からのメールが延々と続いていた。やっぱり。彼が母に話したのだ。彼は、いつもこういうことばかりする……。

でも、ノアに腹を立てることもできない。さっき彼を裏切ったばかりのわたしに、そんな資格なんてあるわけがない。

20章

フラタニティハウスから一ブロック離れると、真っ暗な通りは静まり返っていた。立ち並ぶほかのハウスは、ハーディンのところほど大きくはなかった。GPSとにらめっこしながら一時間ほど歩き、やっとのことでキャンパスに着く。すっかり酔いもさめたし、このまま起きていたほうがいいだろう。わたしはセブンイレブンに寄ってコーヒーを買った。

カフェインが効いてくると、ハーディンについて知らないことがたくさんあるのに気づいた。たとえば、タトゥーを入れた不良なのに、お金持ちの坊ちゃんが集まるフラタニティにどうしているのか。そして、情熱的かと思えばすぐに冷たくなるのはなぜか、とか。でも、これは単に学問的な見地からの興味だ。だって、彼のことを考えて時間を無駄にしている意味がわからないし、彼と仲良くしようとするのもゆうべが最後。わたしのほうからキスしたなんて、信じられない。いままでの人生で最大の過ちだし、こちらが警戒を緩めたとたんハーディンは反撃してきた。しかも、これまでで最悪の攻撃。誰にも言わないという言葉を信じるほどばかじゃないけど、彼が黙っていてくれるよう祈るしかない。バージンとキスしたのがバレたら、彼だって気まずいはずだ。わたしも、墓場までこの秘密を持っていかなくては。

ゆうべの行動に関しては、母やノアに説明する言い訳が必要だ。キスはさておき――絶対ふたりに知られてはならない――パーティーに行ったことについて。しかも、これで二度目だということ。その前に、まずはノアと話をしなくては。わたしだってもう大人なんだから、母にいちいちチクられる必要はないはずだ。

寮の部屋に着くころには足がよれよれで、わたしはため息をつきながらドアノブを回した。

でも、つぎの瞬間、心臓発作を起こしそうになった。ベッドにハーディンが座っていたからだ。

「なんなのよ！」ようやく落ち着きを取り戻し、半分悲鳴のような声をあげる。

「どこにいた？」彼は落ち着いた声で言った。「きみを探して、二時間も車で走った」

はあ？「何？どうして？」そんなことをするより、なぜ、車で送ると言ってくれなかったの？だいたい、わたしもばかだ。ハーディンがお酒を飲んでいないと言ったときに頼めばよかった。

「夜道をひとりで歩かせるのはよくないと思っただけだ」

ハーディンの表情はまったく読めなかった。ステフはどこにいるかもわからず、リアルに危険をもたらす人物と部屋でふたりきり。わたしはもう笑うしかなかった。自分のものとは思えない耳障りな笑い声は、決しておもしろがってるんじゃない。精神的に参って、どうしたらいいかわからないヒステリックな笑いだった。

怪訝《けげん》そうな彼の表情に、さらに笑いを誘われる。

「出ていって、ハーディン――とにかく出てってよ！」

彼はこちらを見て両手で髪をかきあげた。ハーディン・スコットという、このムカつく人物と知り合ってまだ間もないけど、この仕草は彼がイライラしているか、居心地悪そうなときにしか出ない。

「テレーサ、おれは――」と言いかけた言葉は、ドアをたたくけたたましい音と叫び声にかき消された。

「テレーサ！　テレーサ・ヤング、ここを開けなさい！」母の声だ。朝の六時。わたしの部屋に男子がいるという、まさに最悪のタイミング。

母の怒りにぶち当たったときはいつもそうするように、わたしはすぐさま行動に移った。「ハーディン、クローゼットに隠れて」小声で叱るように言いながら、腕をつかんでベッドから下ろさせる。

あまりの勢いにふたりとも驚いたが、彼はおもしろがるような顔でこちらを見下ろした。「おれは隠れない。きみは十八歳だろ？」

ハーディンの言うとおりだ――それはわかってる――でも彼は、母がどんな人間か知らない。もどかしさに焦っていると、母がふたたび激しくドアをたたいた。拒絶するようにがっちり腕組みする彼を動かすのは無理そうだ。わたしは鏡を見て目の下のくまをこすると、歯ブラシを口につっこんで、コーヒーでも消せなかったウォッカのにおいをごまかそうとした。全部混じり合えば、母の鼻もだませるかもしれない。

愛想のいい顔をつくり、挨拶の言葉を練習しながらドアを開ける。でも、そこにいたのは母ひとりではなく、その横にノアが立っていた――当然だ、いまさら驚くことでもない。母は激怒そのものの表情。ノアは……心配そうな顔？　傷ついてる？

「あら、ふたり揃ってどうしたの？」そう言うわたしを押しのけ、母はまっすぐハーディンのところへ行った。そのうしろから、ノアがそっと部屋に入ってくる。

「ずっと電話に出なかったのは、こういうわけね？　この……こんな……」母は両腕をハーディンのほうに振り回した。「朝の六時だというのに、タトゥーなんか入れてるトラブルメーカーが寮の部屋にいるなんて！」

頭にカッと血が上った。母のこととなると、ふだんのわたしは強く出られず、怖いと思ってしまうこともあった。殴られたりしたことはないが、母はわたしの過ちを指摘するのに容赦ないからだ。

まさか、それを着るつもりじゃないでしょうね、テッサ？

もう一度、髪をとかしたほうがいいわよ、テッサ。

テストはもっといい点をとれたはずよね、テッサ。

いつも完璧を目指すようプレッシャーをかけられて、もううんざり。

ノアはといえば、突っ立ったままハーディンをにらみつけている。わたしはふたりを――いえ、三人を怒鳴りつけたかった。わたしを子どものように扱う母。母になんでも告げ口するノア。そしてハーディンは、ただハーディンというだけでムカつく。

「せっかく入った大学ですることがこれなの？　徹夜で騒いで男子を部屋に連れこむ？　ノアは、あなたのことが心配でたまらなかったというのに。わざわざやってきたら、どこの馬の骨とも知れない人間といちゃついていたなんて」母の言葉に、わたしもノアも思わず息をのんだ。

「いや、実のところ、おれもここに着いたばかりです。それに、彼女は何も悪いことしてませんよ」ハーディンの言葉を聞いて、わたしはぎょっとした。母に向かって、そんな台詞を吐くなんて。でも、こうと決めたら絶対に動かないハーディンと、誰にも止められない母となら、いい勝負になるかもしれない。ポップコーン片手に、ゆっくり眺めてみたいものだ。

母の表情が無慈悲なものに変わる。「なんですって？　あなたになんか話しかけてませんよ。だいたい、あなたみたいな人間がなぜ、娘のまわりをうろつくの？　なんの共通点もないのに」

辛辣な一撃をハーディンは無言で受けとめ、母をじっと見ている。

「お母さん」わたしは歯を食いしばりながら言った。

なぜかはわからないけど、ハーディンを擁護しようとしていた。いまの母の態度が、わたしが彼に初めて会ったときとそっくりなせいかもしれない。ノアはわたしを見てからハーディンに視線を移し、またこちらを向いた。わたしがハーディンにキスしたばかりだと、バレただろうか？　そう思っただけで感触がよみがえり、肌がちりちり熱くなる。

「テッサ、あなたは自分を見失ってる。ここからでも酒臭いのがわかるわ。もっとも、それはあのかわいいルームメイトと彼の影響でしょうけど」母は非難がましくハーディンを指した。

「お母さん、わたしはもう大人よ。いままでお酒を飲んだこともないし、間違ったことだってしてない。ほかの大学生がするようなことをしてるだけ。スマホの電源が切れてたことや、わざわざ車を飛ばしてきてくれたのは申し訳ないと思うけど、ほんとにだいじょうぶだから」この数時間の疲れがどっと押し寄せてきて、勉強机の椅子に座りこむ。

あきらめて従うようなわたしの態度に、母も冷静さを取り戻したようだ。あれこれ嫌味は言うけど、娘をいじめたいだけのモンスターでは決してない。母はハーディンのほうを向いて言った。「ねえ、ちょっと私たちだけにしてくださる？」

ハーディンは、だいじょうぶかと尋ねるような目でこちらを見た。わたしがうなずくと、わかったというように彼もうなずいて部屋を出ていった。ノアは彼からずっと目を離さず、すぐにドアを閉める。ハーディンとわたしがタッグを組んで母とボーイフレンドに相対《あいたい》するなんて、変な感じ。根拠はないけど、ハーディンはドアの外で待っていてくれるような気がした。

それから二十分間、母はわたしのベッドに腰かけたままお説教を続けた。すばらしい教育の機会を無駄にするのではないかと心配だとか、もう二度とお酒は飲んじゃだめだとか。それに、ステフやハーディン、その仲間たちとつるむのは賛成しないとも。彼らとはつき合わないよう約束しろと言われて、わたしは同意した。ゆうべみたいなことがあった後では、どのみちハーディンのそばにはいたくないし、ステフとパーティーに行くつもりもない。彼女と仲良くしているかどうかなんて、母にわかるはずもないし。

ようやく母は立ちあがると、安心したように両手を合わせた。「せっかく来たんだから、朝食を食べに行きましょう。ショッピングするのもいいわね」

わたしがうなずくと、ドアに寄りかかっていたノアもほほ笑んだ。名案だと思ったし、実際、お腹がぺこぺこだった。アルコールと疲れのせいでまだ頭がよく働いていないけど、歩いて寮に帰ってきてコーヒーを飲み、母から説教されたせいで酔いもさめた。ドアに向かうと、母が咳払いをした。

「顔でも洗って、ちゃんと着替えなさい。まったくもう」といかにも偉そうに言う。

わたしは洗濯してある洋服を取り出して着替えた。ゆうべのままのメイクをすこし手直しして、準備完了だ。ノアがドアを開けてくれて、三人で部屋の外へ出ると、ハーディンは向かいの部屋のドアにもたれて座っていた。彼が顔をあげるのと同時に、ノアはわたしを守るかのように手をぎゅっと握った。

なのに、わたしはその手を引き抜きたくなった。

「三人で街に出かけるの」

わたしの言葉にハーディンは、自分のなかの疑問に答えるように何度かうなずいた。その姿はどこか傷ついているようにも見えた。こんなのは初めてだった。

彼はあなたのプライドを傷つけたのよ、と心の奥でささやく声がする。たしかにそうだ。でも、ノアに手を引かれてハーディンの前を通りすぎながら、わたしは後ろめたさを感じた。母の勝ち誇ったような笑みに、彼は目をそらした。

「ほんとうにいやなやつだな」ノアの言葉にわたしもうなずく。

「うん、そうね」

だけど、それはうそだった。

21章

ノアや母といっしょの朝食は、いやになるほど長く感じられた。母はわたしの〝ワイルドな一夜〟をあげつらい、疲れてないか、二日酔いじゃないかと始終きいてきた。たしかにゆうべは柄にもないことをやったものの、何度も言われる筋合いはない。母は昔からこんな人だった？　よかれと思ってやっているのだろうけど、わたしが大学に入ってからひどくなってる気がする。もしくは、わたしのほうが独り立ちして一週間経ち、新たな目で母を見るようになったせいかもしれない。

「買い物はどこへ行く？」パンケーキをほおばりながら尋ねるノアに、わたしは肩をすくめた。来たのが彼だけなら、ふたりでゆっくり過ごせたのに。わたしのこちらでの生活について、とりわけ悪いことをいちいち母にチクらないよう言う必要があったし、ふたりきりなら、そういう話もしやすかっただろうに。

「近くのモールにでも行きましょうか。このあたりのことはまだ、よく知らないの」

フレンチトーストの最後の一切れを切り分けながら答えた。

「どこでバイトするか、考えた？」とノアが質問してくる。

「まだわからない。本屋さんとか？　出版や執筆業に関係したインターンシップが見つかるといいんだけど」と答えると、母は誇らしげな笑顔を見せた。

「それはいいわね。大学卒業まで働けて、そのままフルタイムの社員に雇ってもらえるようなところ」と言ってまた、ほほ笑む。

「うん、そうなったら理想的」皮肉を抑えて返事をしたけど、ノアにはバレたようだ。

彼は、だめだよと言うように、テーブルの下でわたしの手を握った。

フォークを口に運びながら、ふとハーディンのロピアスを思い出して一瞬、手が止まる。ノアはそれを見逃さず、問いかけるような目でこちらを見た。ハーディンのことを考えるのはやめなくちゃ。わたしは笑顔を作り、握られた手を持ちあげてキスをした。

朝食を終えると、母の運転する車でベントン・モールへ行った。巨大なモールで、すごい人ごみだ。「私は〈ノードストローム〉へ行くわ。終わったら電話する」と言われて、わたしはほっとした。ノアとまた手をつないで、いろんな店を見て回る。金曜のサッカーの試合で決勝点を挙げたことを話す彼に熱心に耳を傾け、よかったねと返事をした。

「きょうの格好はすてき」と言うと、ノアはにっこりした。白くて完璧な歯がまぶしい。栗色のカーディガンにカーキパンツ、ローファーという格好。ハーディンには、ノアはローファーなんて履かないとうそをついたけど、やっぱり彼の人柄に合っている。

「きみもだよ、テッサ」と言われて、ちょっとげんなり。ひどい見た目なのは自分でもわかってるのに、ノアが見え見えのお世辞を言うからだ。ハーディンだったら、間髪いれずに事実を指摘するだろうに。うわ、ハーディンですって？　わたしはミスター無礼者を頭から振り払いたくて、ノアのカーディガンの襟をつかんで引き寄せた。でも、キスしようとすると、彼はほほ笑みながら体を引いた。

「何してるの、テッサ？　みんな見てるよ」と、ニューススタンドでサングラスを試している一団を手振りで示す。

わたしはおどけるように肩をすくめた。「見てないわよ。何が問題？」気にすることなんかない。いつもなら、わたしも人目をはばかるけど、いまはノアにキスしてほしかった。「とにかく、お願いだからキスして」

なりふりかまわない感じなのが、目を見てわかったのか、彼はわたしのあごをくいと上げてキスをした。優しくゆったりとして、急き立てられるような激しさなどまるでないキス。舌が触れるか触れないかのうちに終わってしまったけど、悪くはない。ありふれた、いつものキス。わたしは体のなかに炎が燃えあがるのを待ったが、そんなものは起こらなかった。

ふたりを比べることなんてできない。ノアは、わたしの愛するボーイフレンド。ハーディンは日ごとに女を取り替えるクズだ。

「いったいどうしたの？」ノアは、彼の身体を引き寄せようとするわたしに言った。

思わず顔が赤くなり、首を横に振る。「なんでもない。ただ、あなたが恋しかっただけ」ああ……それにね、ゆうべはあなたを裏切ったの。心のなかでつぶやく声がしたけど、取り合わずに続けた。「ねえ、ノア、わたしのすることをいちいち母に話すのはやめてくれない？　すごく居心地悪い。あなたが母と仲良しなのはうれしいけど、告げ口されてるみたいで、自分が子どもになった感じがするの」胸のなかのつかえを吐き出すと、すこしすっきりした。

「テッサ、ほんとにごめん。とにかく、きみのことが心配だったんだ。これからはもうしない。心の底から誓うよ」肩に腕をまわして額にキスしてくれるノアを、わたしは信じることにした。

そのあとは午前中よりずっと楽しく過ごせた。最大の理由は、母にヘアサロンへ連れていかれて、毛先を揃えてレイヤーをいれてもらったからだ。背中につくほどの長さは変わらないけど、ふんわりボリュームが出てすごくすてき。寮へ帰る車中でもノアがずっとほめてくれて、テンションが上がった。わたしはタトゥーを入れた人間の半径百マイル以内には近づかないともう一度約束してから、寮の玄関でふたりと別れた。誰もいない部屋に戻ると、ちょっとさみしかったが、ステフやほかの誰かの顔を見たいかと言われれば、それも違うような気がした。

靴を脱ぐのもそこそこに、ベッドで横になる。もうくたくたで、寝ないととても無理だった。その晩はもちろん、翌日曜日の昼過ぎまで眠った。目が覚めると、ステフは自分のベッドで寝ていた。日曜は、起きてからずっと図書館で勉強した。部屋に戻っても彼女の姿はなく、月曜の朝になってもまだ戻ってこなかった。週末のあいだ彼女が何をしていたのか、わたしは気になってしかたなかった。

22章

最初の授業に行く前にコーヒーを買おうとカフェに寄ると、ランドンが笑顔で待っていた。朝の挨拶を交わしたものの、面倒な道順を尋ねてきた女子がいたので、お互いの近況報告ができたのは、その日最後の授業に向かって歩いているときだった。わたしがずっと怖れていた、でも楽しみにしていた授業だ。

「週末はどうだった？」ランドンの質問に、思わずため息が出る。

「最悪。またしてもステフとパーティーに行っちゃったの」と答えると、彼は苦笑した。「あなたのほうがずっと楽しい週末だったでしょう？　ダコタはどうだった？」

彼女の名前を聞いたとたんに笑みを深めるランドンを見て、気づいた。そういえば、土曜にノアに会ったことをわたしは言わなかった……。ダコタはニューヨークのバレエ団に入りたいそうで、ランドンは彼女のためにもうれしいと言う。わたしのことを話すノアは、こんなふうに目を輝かせてくれるだろうか。

教室に入るときもランドンは、父親と継母《ステップマザー》が彼の帰省を喜んだと話してくれたが、わたしは教室内を見回すのに忙しくて、ちゃんと聞いていなかった。ハーディンの席は空いていた。

「ダコタがそんな遠くに行ったら、たいへんじゃない？」席に座りながら、ようやく質問する。

「いまでも遠距離恋愛だけど、うまくいってる。ぼくは、彼女にとってベストな状況を望んでいるだけだ。それがニューヨークなら、ぜひとも行ってほしいと思うよ」

教授が入ってきて、みんな静かになった。ハーディンはどこ？　わたしを避けるためだけに、彼が授業をサボるなんてことはないはずだ。

でも、みんなに読んでほしい魅惑的な小説、『高慢と偏見』の世界にいったん入りこむと、あっという間に授業は終わっていた。

「髪を切ったんだな、テレーサ」振り向くと、後ろでハーディンがにんまりしていた。彼とランドンが気まずそうに顔を見合わせるなか、わたしはなんと返事をしようか考えた。まさか、キスしたことをランドンの前でぶちまけたりしないよね？　でも、いつものように深いえくぼを見てわかった。彼が黙っているはずなどない。

「あら、ハーディン」

「週末はどうだった？」彼は妙に澄ました顔で言った。

「最高だった。じゃあまたね！」ランドンの袖を引っぱりながらわたしがひきつった顔で答えるのを見て、ハーディンはげらげら笑った。

外へ出ると、ランドンに質問された。「いまの、何？」

「なんでもない。ハーディンが好きじゃないだけ」

「でも、きみは、そんなにしょっちゅう彼とは会わないだろ？」

なんだか引っかかる言い方。どういうこと？　わたしが彼にキスしたのを知ってるの？

「えっと……そうね、ありがたいことに」

ランドンは口ごもった。「ハーディンとぼくを結びつけて考えられるのはいやだから、黙ってるつもりだったけど……」とためらいがちにほほ笑む。「ハーディンのお父さんが、ぼくの母とつき合ってるんだ」

「えっ？」

「ハーディンのお父さんが――」

「ああ、うん、それはわかった。でも、お父さんはここに住んでるの？　なんでハーディンは――彼はイギリス人だと思ったけど？　どうして親子いっしょに住まないの？」自分を抑えられぬまま、ランドンを質問攻めにする。彼はまだ困惑した表情だったが、さっきのぎこちなさは薄れていた。

「ハーディンはロンドン出身だよ。彼の父親とぼくの母はキャンパス近くに住んでるんだけど、ハーディンは父親と折り合いが悪いんだ。この話は、彼には言わないでくれる？　ぼくと彼も仲がいいわけじゃないから」

「うん、わかった」さらに質問が千個ほど浮かんだものの、わたしは黙ったまま、ランドンが目を輝かせながらダコタの話をするのをじっと聞いた。

寮の部屋に戻ると、ステフはいなかった。彼女の授業はわたしより二時間ほど遅く終わるからだ。教科書やノートを広げて勉強しようとしたが、ノアに電話することにした。でも結局、彼は出なかった。彼もいっしょに進学できればよかったのに。そうすれば、こんな面倒なことにはならず、ふたりで楽しく過ごせた。いまだって、いっしょに勉強したり、映画を観たりできたのに。

でも、こんなふうに思うのはハーディンにキスした罪悪感のせいだ——あんなに穏やかでいい人を裏切るなんて。ノアがそばにいてくれて、わたしはすごく恵まれているのに。いつだって支えてくれて、わたしのことを誰よりも理解してくれる。きょうだい同然に育ってきた存在だ。同じ通りに彼の一家が引っ越してきたときは、同年代の遊び仲間ができたのがうれしかった。ノアと親しくなり、わたしと似たような落ち着いた考え方をする人だとわかってからは、どんどんひかれていった。読書をしたり映画を観たり、うちの裏庭の温室で植物を育てたりして過ごした。いつだって、温室は安全な隠れ場所だった。父がお酒を飲むと、わたしは必ずそこに隠れたものだが、それを知っているのはノアだけだった。父が出ていった夜はほんとうに恐ろしかった。

母はいまも、それについては語ろうとしない。ひと言でも触れたら、自分の作り出したうわべだけの生活が壊れると思っている。でもわたしは、あの夜のことを母と話し合いたい。お酒を浴びるように飲んだり母に乱暴したりしたのは許せないけど、心の底ではやはり、父親にそばにいてほしかった。あの夜、怒鳴り散らして暴れる父を避けて温室に隠れながら、わたしはキッチンでガラスが割れる音を聞いていた。それが静まると、こんどは足音がした。父かと思って震えていたら、やってきたのはノアだった。誰かの無事な姿を見て、あんなにほっとしたことはない。あれ以来、わたしたちは切っても切れない仲になった。年月が経つにつれて、友情はそれ以上のものに変わり、ふたりとも、ほかの誰かとつき合ったことなどなかった。

愛してるとノアにメールしてから、勉強の前に仮眠をとることにした。スケジュール帳を見て、課題を確認する。二十分ぐらいなら、寝てもかまわないはずだ。

でも、横になって十分もたたないうちにドアをノックする音がした。ステフが鍵でも忘れたのだろう。意識朦朧としながらドアを開ける。

そこにいたのはステフではなく、ハーディンだった。

「ステフはまだ戻ってきてないけど」ドアを開けたままベッドに戻る。彼がわざわざノックしたなんて意外だ。ステフから合鍵を渡されているくせに。この件に関しても、彼女と話をしなくては。

「かまわない。待たせてもらう」ハーディンはステフのベッドに座りこんだ。

「どうぞ、ご勝手に」彼がくすくす笑うのを無視して、毛布をひっかぶって目を閉じる。というか、無視しようとして。ハーディンが同じ部屋にいると知りながら、眠れるわけがないけど、失礼な言葉の応酬でまた気まずい状況になるより、寝たふりのほうがましだ。しかし、彼がステフのベッドのヘッドボードをこつこつたたくのを無視しようとしているうちに、目覚ましが鳴った。

「どこか行くのか？」

ハーディンの質問に思わずイラッとする。「いいえ、二十分だけ仮眠していたの」と答えて体を起こした。

「寝すごしたりしないよう、昼寝でも目覚ましをかけるのか？」

「ええ、そうよ。あなたに関係ある？」教科書を授業の時間割に従って並べ、その上にノートをのせていく。

「強迫神経症とか？」

「いいえ。物事を順番どおりに並べたがるというだけで、その人がおかしいわけじゃない。きちんとした考え方や計画的な行動をするのは、何も悪くないと思うけど」

もちろん、ハーディンはげらげら笑った。見てはだめだと思いながらも、ベッドから飛び起きてくる様子が目の端にちらと入る。

お願いだから、こっちに来ないで。来ないでったら……。

つぎの瞬間、ベッドに座るわたしを見下ろすようにして彼は立っていた。文学のクラスのルーズリーフの束をつかみ、古代の遺物でも眺めるかのようにぱらぱらめくる。取り返そうと手を伸ばすと――ほんっとむかつく――彼は腕をさっと上げた。わたしは立って取り返そうとしたけど、ルーズリーフは放り投げられて、床にばさばさと落ちてしまった。

「拾ってよ！」

ハーディンはにやにやしながら「はいはい」と言ったくせに、こんどは社会学のルーズリーフをつかんで同じことをした。踏まれる前にあわてて拾いあげたが、彼はひとりでおかしがっている。

「ハーディン、やめて！」わたしは、つぎの束をつかんで同じように繰り返す彼を怒鳴りつけた。激しい怒りとともに立ちあがり、ベッドから彼を押しのける。

「自分のものを勝手にいじられるのが嫌いってわけか？」ハーディンはなおもけらけら笑いながら尋ねてきた。

「嫌い！」怒鳴り散らして、ふたたびハーディンを押しのける。でも逆に、彼に両手首をつかまれて壁に押しつけられた。顔がすぐ近くまできた瞬間、自分がひどく荒い息遣いをしているのに気づいた。触らないでと叫びたかった。手を離して、教科書やノートを元に戻して、と。彼に平手打ちをして、ここから追い出したい。なのに、わたしは壁際で身動きもできず、こちらを見据える緑色の瞳に心を奪われていた。「ハーディン、お願い」ようやく言ったものの、ささやくような声にしかならない。放してほしいのか、キスしてほしいのかもわからず、走ったあとのような息遣いはおさまらないままだ。ハーディンも、胸を大きく上下させている。数秒が数時間にも感じられたのち、彼はようやく片手を離したが、もういっぽうの手はまだ、わたしの両手首をつかんでいた。

一瞬、ぶたれるのかと思ったが、ハーディンはわたしのほほに手をすべらせて、髪を耳にかけた。唇が重ねられたとき、彼の心臓の脈打つ音が聞こえたような気がした——そして、体じゅうを熱いものがちりちり駆け巡った。

これこそ、土曜の夜からずっと求めていたものだ。これから先、たったひとつのことしか覚えていられないというなら、この瞬間であってほしい。

わたしはなぜ、ハーディンにまたキスしているのだろう。それに、あとでどんなひどい言葉をぶつけられるか……そんなことは考えない。手首を放した彼と壁のあいだに閉じこめられて、ミントの香りがする舌を味わうこと。いまは、それだけに意識を集中させたい。彼に合わせて舌を動かし、広い肩に両手をすべらせる。腿の裏をつかまれて体を持ち上げられた瞬間、反射的に両脚を彼の腰に巻きつけた。どう反応すればいいのか、本能的に知っているなんて。指をハーディンの髪に梳きいれてそっとひっぱっていると、彼は唇を重ねたままベッドへ歩いていった。

　規律委員みたいな声が頭のなかでささやく――はしたないまねはやめなさい。だけど、わたしはそれを押さえつけた。こんどは自分を抑えたりしない。ハーディンの髪を強く引っぱってうめき声を上げさせる。それを聞いて思わずあげた声が彼のと混じり合い、すごくすてきな気分。聴覚だけでこんなに興奮させられたのは初めてだ。こんな声がまた聞けるなら、どんなことでもしたくなる。ベッドに座ったハーディンに引き寄せられて、わたしは膝にまたがった。長くしなやかな指が肌に食いこんでくるほどだったけど、その痛みさえ心地いい。体をそっと前後に揺らすと、ハーディンの指先にさらに力がこもる。

「ヤバすぎる、テッサ」唇を重ねたまま、そうささやかれた。彼のあそこが固くなるのを感じて、いままでにない衝撃を覚える。

　どこまでいくつもり？　自分に問いかけても、答えは見つからない。

　ハーディンはわたしのシャツの裾を探り当てて引きあげた。抵抗せずに許した自分が信じられないけど、やめたくない。彼は熱いキスを中断して、シャツをわたしの頭から脱がせた。じっと目を見たかと思うと、視線を胸に移して唇を噛む。

「すごくセクシーだ、テス」

みだらな口説き文句にひかれたことはいままでなかった。でもハーディンに言われると、この世でいちばん官能的で美しい言葉に聞こえた。これまで、ゴージャスな下着を買ったことなんて一度もない。ほんとうに、誰にも見られたことがなかったから。でもいまは、こんなに地味な黒いブラじゃないものを着けていればよかったと思った。ハーディンはありとあらゆるブラを見てきたはずだ、と意地悪な声が頭のなかで響く。それを振り払おうと、わたしはさらに激しく体を揺すった。背中に回された腕に引き寄せられて、ふたりの胸と胸が触れた瞬間……。

がちゃがちゃとドアノブが音を立てた。わたしはハーディンのひざから飛び下りてシャツを羽織った。夢のような至福の状態は、一瞬にして消え去った。

入ってきたステフはわたしとハーディンを見て、戸口で立ち止まった。目の前の光景を把握したのか、口をあんぐり開ける。

わたしのほほが真っ赤なのは恥ずかしさのせいだけじゃない。ハーディンに感じさせられたからだった。

「もしかして、すごいシーンを見逃しちゃった?」ステフがこちらを見ながらにやにやする。いまにも手をたたいて小躍りしそうだ。

「そうでもない」ハーディンが立ちあがった。振り向きもせず部屋を出ていったあとには、荒く息を切らすわたしと、おもしろがるステフだけが残された。

「ちょっと、なんだったのよ?」彼女はぎょっとしたようなふりをして顔を両手で覆ったけど、すぐに野次馬根性まるだしで質問してきた。「あなたとハーディンが……ふたりがいちゃついてた、ってこと?」

わたしは背を向けて、机の上で探し物をするふりをした。「違う! 冗談はやめて! いちゃついてなんかいない」キスをしただけだ。二度ほど。それからシャツを脱がされて、彼にまたがったまま腰を動かし——でも、本気でセックスしようとしていたわけじゃない。「わたしにはボーイフレンドがいるのよ。忘れたの?」

ステフはつかつかと寄ってきた。「まあね……だからって、ハーディンといちゃついたらだめってわけじゃないよ——とにかく信じられない! 嫌い合ってるとばかり思ってたのに。っていうか、ハーディンは誰のことも嫌いだけどね。でも、あなたに対する態度は、ほかの人間に対する嫌悪感より強いような気がした」そして、声をあげて笑った。「いつから……どうして、こんなことになったの?」

わたしはステフのベッドに座って髪を両手でかきあげた。「わかんない。土曜日、あなたがパーティーを抜け出したあとのことだけど、キモい男子に襲われそうになって、ハーディンの部屋に逃げこんだの。そして、彼にキスした。このことは絶対に口外しないって約束し合ったけど——きょう、彼がやってきてちょっかいを出してきた。といっても、そういう意味じゃないからね」わたしはベッドを指さしたが、ステフのにやにやが深まるだけだった。「教科書やノートを放り投げられたから、カッとしてハーディンを押しのけてたら、どういうわけか、ふたりでベッドの上にいたの」

こうして言葉で再現してみると、とんでもない話だ。母が言うように、柄にもないことをやっている自分に気づいて、わたしは両手に顔をうずめた。なぜ、ノアにこんな仕打ちを――しかも、二度までも。

「うっわ、すごい熱々だね」というステフの言葉に自分でもあきれてしまう。

「そんなんじゃない――ひどく間違ってる。わたしはノアを愛してるの。ハーディンはただのいやなやつ。彼にくどかれた女子のひとりになるつもりはないから」

「ハーディンからはいろいろ学べるよ……あっちの方面で、ってことだけど」

口がぽかんと開いてしまう。ステフは本気で言ってるの？　彼女もそんなことを……待って、そうなの？　彼女とハーディンが？

「やめてよ、ハーディンから何か学ぶなんてごめんだわ。っていうか、ノア以外の人物とはそんなこと考えられない」でも、ノアとあんなふうに愛撫し合うところは想像できない。頭のなかでハーディンの言葉が繰り返される。すごくセクシーだ、テス。ノアはそんな台詞、絶対に言わない――わたしをセクシーと言った人なんて、いままでひとりもいなかった。そんなことを考えていると、ほほが熱くなった。「あ、あなたも？」

「ハーディンと？ ううん」その瞬間、心のどこかでほっとするわたしにかまわず、ステフは続けた。「まあ……セックスはしてないけど、最初に会ったとき、ちょっとしたお遊びはしたよ。いまさら認めるのも恥ずかしいけどさ。でも、それで終わり。都合のいいお友達関係が一週間ほど続いただけ」たいしたことじゃないみたいにステフは言ったけど、胸のなかにどす黒い思いが起こるのはとめられなかった。

「そう……都合のいいお友達って何？」口のなかがからからに乾き、ふいに彼女がひどく疎《うと》ましくなる。

「ああ、そんなたいしたことじゃないよ。ちょっとハードな愛撫とか、体のあちこちをまさぐったりとか。全然、真剣な恋愛とかじゃないから」ステフの言葉に胸がずきりとする。本気で驚いたわけではないけど、質問しなければよかった。

「ハーディンには〝都合のいいお友達〟がおおぜいいるの？」答えなんか聞きたくないのに、質問せずにはいられない。

ステフは鼻を鳴らして、わたしと向かい合うようにベッドに座った。「うん。何百人もいるわけじゃないけど、彼はすごく……お盛んだから」

ステフは、わたしの反応を見てオブラートに包んだ言い方をしている。ハーディンに近づくまいと心のなかで誓うのも、もう何百回目だろうか。相手が彼でなくとも、〝都合のいいお友達〟になんてなりたくない。絶対に。

「でも、ハーディンが意地悪でやってたり、女子を利用してるわけじゃないよ。女子のほうから、関心を引こうとして行っちゃうの。それに彼は、誰ともつき合わないことを最初からはっきり言ってるし」その話は、前にもステフがしてくれた。でも、ハーディンがわたしにそう言ったわけじゃない……。

「誰ともつき合わないのはなぜ？」

「あたしにもよくわかんない……ねえ」ステフは心配そうな声で言った。「ハーディンとは楽しく過ごせるかもしれないけど、あなたにとっては命取りになるかも。彼に対してはどんな感情も持たないって決めたら、話は別だけど。あたしなら距離を置くね。彼にのぼせて修羅場になっちゃった女子を、おおぜい見てきたからさ」

「ああ、心配しないで、彼のことはなんとも思ってないから。自分でも何を考えてたのかわからない」わたしは笑った。

ステフはうなずいた。「あ、そう。本心でそう言っているように聞こえればいいけど。それに、ところで、ママとノアから、どれだけうるさいことを言われたの？」

彼女とはもうつき合わないよう約束させられた部分は省いて、母のお説教を洗いざらい白状した。その夜は、ステフといろんな話をした。授業やトリスタンのこと、それに、とにかくハーディン以外の話題をわたしは必死で考え続けた。

23章

翌日、授業の前にカフェでランドンと会って社会学のノートのつき合わせをした。ハーディンにぐちゃぐちゃにされたルーズリーフの束を一時間もかけて元どおりにしたことを報告したかったけど、わたしがいけない子だと思われるのはいやだ。ランドンのお母さんとハーディンのお父さんがつき合っていると知ってしまったいまは、特に。彼はハーディンについてもいろいろ知っているだろうから、変な質問をしないよう気をつけなくては。もっとも、ハーディンが何をしようとわたしには関係ないことだけど。

あっという間に文学の授業の時間になった。いつものようにハーディンは隣の席に座っていたが、きょうは全然こちらを見ようとしない。

「『高慢と偏見』を取りあげるのは、きょうで最後だ」と教授が言う。「みんな楽しんでくれたかな。全員が結末を知っているはずだから、オースティンの伏線の張り方について話し合ってみよう。一読者として、ダーシーと彼女が最後に結ばれると思ったかね？」

何人かが小声で話したり、簡単に答えが見つかるのを期待して本をぱらぱらめくる。

でも手を挙げたのは、いつものようにわたしとランドンだけだった。

「では、ミス・ヤング」と教授に呼ばれた。

「初めて読んだときは、ふたりが最終的に結ばれるのかどうか、どきどきしました。すくなくとも十回は読んだいまでも、ふたりの関係が始まるころははらはらします。ミスター・ダーシーは思いやりがなく、エリザベスと家族について嫌みなことばかり言うので、彼女が彼を愛するどころか、許せるとも思えませんでした」ランドンがうなずいたので、わたしはほほ笑んだ。

「くだらないね」と沈黙を破る声。ハーディンだ。

「ミスター・スコット？　何かつけ加えたいことがあるのかい？」教授は、ハーディンがディスカッションに参加してきたことに驚いている。

「ええ。くだらないって言ったんです。女は、自分にはないものを欲しがる。エリザベスはミスター・ダーシーの失礼な態度にこそ強くひかれた。だから、ふたりが最後にくっつくのはわかりきったことだ」ハーディンは言い終えると、爪先をいじり始めた。ディスカッションにはなんの興味もないと言いたげだ。

「それは違う。女が自分にないものを欲しがるだなんて。ミスター・ダーシーが意地悪な態度をとったのは、プライドが高すぎて彼女を愛していると認められなかったからでしょ。彼が不愉快なふるまいをやめたら、エリザベスも彼に愛されているとわかったんだもの」思っていたよりずっと大きな声でわたしは反論した。

教室を見回すと、クラスの全員がわたしとハーディンを見ていた。

ハーディンも感情をぶちまけた。「どんな男がきみの好みか知らないが、男が女を愛したら、意地悪な態度なんか絶対にとらない。ダーシーが彼女の手をとってプロポーズするはめになったのは、彼女が彼の気を引こうとするのをやめなかったからだろ」強い調子で言われて胸が重くなる。でも、これでハーディンの本心がわかった。

「彼女はダーシーの気を引こうだなんてしてない！　彼は彼女の感情をいいように操り、自分が親切な人間だと思いこませて弱みにつけこんだのよ！」わたしが叫ぶと、教室内は文字どおり静まり返った。ハーディンの顔は怒りで真っ赤。わたしもきっと、同じような表情をしているはずだ。

「彼が彼女の感情を操った？　もう一度言ってみろ。あの女は……退屈な人生に飽き飽きして刺激を求めていた——彼の気を引こうとして体を投げ出したんだ！」ハーディンは机の端をつかみながら怒鳴り返してきた。

「どんな女子とも寝るろくでなしじゃなかったら、彼女の部屋に現れるのも一度きりにしたはずよね！」そう言ったつぎの瞬間、わたしとハーディンが互いのことを暴露してしまったのに気づいた。クラスメイトは驚いて息をのんだり、にやにやしている。

「ふむ、なかなか刺激的なディスカッションだったね。きょうのトピックに関してはいろいろな意見が出たようで……」教授が話し始めたのも聞かず、わたしはバッグをつかんで教室から走り出た。

通路に出ると、うしろからハーディンの怒声が聞こえてきた。「逃げられると思うのか、テレーサ！」

建物の外に出て芝生を横切り、ブロックの角まで来たところで腕をつかまれたが、わたしはそれを振り払った。

「どうして、いつもそんなふうに触るの？　こんど腕をつかんだら、平手打ちを覚悟するのね！」強い調子に自分でも驚いたけど、ハーディンのたわごとにはもううんざりだった。

また腕をつかまれたが、言ったばかりの脅し文句を実行することはできなかった。

「なんなの？　わたしが必死すぎるって言いたいの？　懲りもせずにあなたに苦しめられてるばかさ加減を笑いたい？　こっちだって、こんなゲームにはうんざり――もう降りるから。わたしには大事にしてくれるボーイフレンドがいるのに、ちょっかい出してこないで。そんなふうに気分が激しく変動するのは病気よ、医者に診てもらって薬を出してもらえばいい！　もう、あなたにはつき合いきれない。ちょっと感じよくふるまったかと思えば、つぎの瞬間には憎たらしいことを言う。もう関わりたくないの。ゲームをしたいなら、別のターゲットを見つけてくれない？　わたしはもう疲れたんだってば！」

「おれはほんとうに、きみの最悪の部分を引きだすんだな」

わたしはハーディンに背を向け、人通りの多い歩道に目をやった。学生たちがきょとんとした顔でこっちを見つめている。彼のほうに向き直ると、すり切れた黒のTシャツの裾の小さなあなに指を突っこんでいた。

てっきりハーディンはにやにやするか声をあげて笑うものだと思ったけど、そうではなかった。傷ついているふうに見えなくもないが、彼はわたしの言うことを気にするような人じゃない。

「こっちだって、きみとゲームをするつもりはない」彼は髪をかきあげた。

「じゃあ、何？　どこかの気分屋のせいで頭痛がする」まわりにちょっとした人だかりができていた。ボールになってどこかに転がっていきたかったけど、ハーディンが次に何を言うのか聞かなければならない。

なぜ、彼と距離を置いておけないの？　毒のある危険な人物だとわかってるのに。わたしがこれほど辛辣な態度に出るのも、ハーディンが初めて。彼はそうされても当然だけど、自分が意地悪で無礼なことを言うのはたまらなくいやだ。

ハーディンはわたしの腕をまたつかむと、人だかりから離れて、ふたつの建物のあいだの通路に引っぱっていった。「テス、おれは……自分でも何してるのかわからない。でも、最初にキスしてきたのはきみだ。忘れたのか？」

「うん……あのときは酔っぱらってたから。それに、きのうはあなたのほうからキスしてきた」

「ああ……きみがとめなかったからな」ハーディンは言葉を切った。「無理するのはよせ」

えっ？「無理する、って？」

「おれが欲しくないふりをすることさ。それはうそだって、自分でもわかってるくせに」ハーディンが近づいてくる。

「はあ？　あなたなんて欲しくない。わたしにはボーイフレンドがいるのに」もつれるように出てきた言葉のばかばかしさに、ハーディンはにやりとした。

「〝きみがうんざりしてる〟ボーイフレンド、だよな。認めろよ、テス。おれではなく、自分自身のために。きみはやつに飽き飽きしてる」声を低めて誘うような口調。

「彼は、おれみたいにきみを感じさせたことがあるか？」

「ええっ？　あ、あるにきまってるわ」わたしはうそをついた。

「いや……ないね……そもそもきみは、触れられたことだって一度もない……おれの言う意味で、ということだ。見ればわかる」

ハーディンの言葉に、熱く灼《や》けるような感覚が全身を駆け巡る。「そんなこと、あなたに関係ない」後ずさりしたのに、彼が三歩ほど近づいてきた。

「きみは知らないだけだ。おれに触れられて、どれほど感じることができるか」ハーディンの言葉に息をのむ。さっきは怒鳴ったくせに、どうして彼はこんなことを言うの？　そしてわたしはなぜ、それが気に入ってしまうの？　返す言葉が見つからなかった。ハーディンの口調や、いやらしい台詞のせいで、無防備にすべてをさらけ出したような感じがする。これではまるで、キツネの罠にかかったウサギだ。

「認めなくてもいい。おれにはわかる」傲慢そのものといった声でハーディンが言う。

わたしは首を横に振ることしかできなかった。彼がにやりとするのを見て、反射的に壁に後ずさる。また一歩近づいてこられて、深く息を吸った。お願い、もうやめて。

「脈が速くなってきただろ？　口のなかもからからだ。おれのことを思うと……ほら、あそこがうずく。そうだろう、テレーサ？」

ハーディンの言うことは全部ほんとうだった。こんなふうに話しかけられると、それだけ彼が欲しくなる。誰かを苦しいほどに求めながら、いやなやつだと憎らしく思うなんておかしい。こんなふうに感じるのは体だけ。でも、彼とノアが正反対なことを思うと不思議だ。いままで、ノア以外の人間にひかれたことなどないのに。

このまま黙っていたらハーディンの勝ちになってしまう。心をもてあそばれたうえに負けるなんて、いやだ。

「あなたは間違ってる」

でも、彼はほほ笑んだ。その笑顔さえ、わたしの体を熱くする。

「おれが間違ってたことなんて一度だってない。こういうことにかけては、絶対に」

ハーディンと壁のあいだで身動きできなくなる前に、脇へ避けた。「どうしていつも、わたしがあなたの気を引くようなまねをするって言うの？　こうして、あなたがわたしを追いつめてるくせに」タトゥーを入れたこのむかつく男子に対する欲望よりも、怒りのほうが勝った。

「きみのほうから誘いをかけてきたからだ。勘違いするなよ、おれだってきみと同じくらい驚いたんだからな」

「あの夜は酔っていて、いろいろあったから――言わなくてもわかってるよね？　あなたが優しく接してきたから戸惑ったの。ふだんのあなたに比べたら優しかった、という意味だけど」ハーディンのそばを通り抜けて歩道の縁に座る。彼と話すのは精神的にすごく疲れる。

「それほど意地悪にしているつもりはない」大きく迫ってくるようにしながら彼が言う。でも、どこか自信なさげにも聞こえた。

「冗談言わないで。怒らせるようなことをわざわざするくせに。わたしだけじゃなく、みんなを怒らせてるけど、わたしに対してはとくにきつく当たってる」ハーディンに向かってこれほど率直に話している自分が信じられない。でも、彼が反撃してくるのも時間の問題だ。

「違うね。ほかの連中と同じように、きみにも接してるだけだ」

わたしは立ちあがった。ハーディンとまともな話ができるはずなんてない。「やっぱり時間の無駄だった！」大声で叫んで芝生のほうへ戻ろうとする。

「なあ、おれが悪かったよ。とにかく、こっちへ来いよ」

ため息が出たものの、脳より先に脚が反応して、ハーディンのすぐそばまで戻ってしまう。

彼は歩道の縁石に腰を下ろした。さっきまでわたしが座っていたところだ。「座れ」

わたしはしかたなく従った。

「すごく離れて座るんだな。おれのこと、信用してないのか？」

「信用なんかするもんですか。当たり前でしょう？」

ハーディンは顔を曇らせたものの、すぐ取り繕った。わたしに信用されてるかどうか、なぜ気にするのだろう？

「お互い近づかないようにするか、友達になるか、どっちかにしない？　これから先もずっとけんかしようとは思わないから」ため息をつくと、彼はすこし近づいてきた。

そして、深呼吸してからこう言った。「おれは、きみを避けたいとは思わない」

えっ？　心臓が胸から飛び出そうになる。

「っていうか……きみのルームメイトはおれの親友だから、どうしたって顔を合わせることになる。友達になる努力をすべきだと思うよ」

なぜか、がっかりという気持ちがわいてくる。でも、これこそ求めていたもののはずだ。ハーディンにキスをして、ノアを裏切るわけにはいかない。

「オーケー。じゃあ、友達ね？」沈んだ気持ちを押えこむ。

「友達だ」彼は握手しようと手を差し出してきた。

「でも、〝都合のいいお友達〟はお断りですからね」握手しながら念を押したものの、ほほが赤くなる。

ハーディンはくすくす笑いながら眉ピアスをいじった。「なぜ、そんなことを言う？」

「知ってるくせに。ステフに聞いたんだから」

「はあ？　彼女とおれのことか？」

「それだけじゃない。ほかの女子とのことも全部」笑い飛ばそうとしたのに、咳払いみたいにしか聞こえなかったので、ごまかすためにわざとらしく咳をした。

ハーディンが眉をつりあげる。「おれとステフのことか……なかなか楽しかったよ」なにか思い出すようにほほ笑む彼を見て、わたしはのどにこみ上げる苦いものを抑えた。

「たしかに、一発やるだけの女子はたくさんいる。でも、〝友達〟のきみが気にする必要はない。そうだろ？」

　彼は平気なようだけど、わたしにはショックだった。ほかの女子と寝ていると打ち明けられても、気になるはずなどないのに……。彼はわたしのものじゃない。ボーイフレンドはノア。ノアだ。自分自身に何度も言い聞かせる。

「ええ、もちろん。ただ、わたしもそのひとりになると勘違いしてほしくないだけ」

「ああ……妬《や》いてるのか、テレーサ？」と言ってからかう彼を、わたしは小突いた。そんなの、地獄に堕ちたって認めるわけにはいかない。

「そんなことあるわけないでしょ。その女子たちを気の毒に思うけどね」

　ハーディンはおどけて眉をつりあげた。「いや、その必要はない。間違いなく、彼女たちだって楽しんでた」

「はいはい、わかりました。お願いだから、話題を変えない？」ため息とともに顔を上げて、空を見る。おおぜいの女子がハーディンに群がるイメージを頭から振り払わなくては。「これからは、感じよく接してくれるんでしょう？」

「もちろん。きみのほうこそ、ねちねち文句を垂れるようなことはやめるんだよな？」

　遠くの雲を見ながら、わたしは答えた。「ねちねち文句なんて言ってない。あなたのほうが、わたしを怒らせるようなことをするのに」

ハーディンを見て笑うと、彼もほほをゆるめた。怒鳴り合うのに比べたら、ずっとましだ。大きな問題——わたしが彼に特別な感情を抱いているかどうかもはっきりしないということ——が解決したわけではない。でも、彼がわたしにキスするのをとにかくとめられれば、わたしもノアに気持ちを戻すことができるはずだ。

「おいおい、おれたち仲良く笑ってるぜ」失礼な発言をしないなら、ハーディンのアクセントもかわいい。

うそばっかり。失礼なことを言われるときだって、かわいく聞こえてしまう。でも、こんなふうに優しい口調だと、ビロードでほほを撫でられているみたい。言葉が舌を転がり、薄桃色の唇からこぼれ出て……だめ、彼の唇のことなんて考えちゃだめだってば。わたしはハーディンの顔から目をそらし、スカートを手ではらいながら立ちあがった。

「そのスカート、ほんとにひどいな、テス。おれと友達づき合いをするなら、それはもう着るな」

一瞬傷ついたけど、彼はにっと笑っていた。。こういうふうに冗談を言う人なのだ。無礼なことに変わりはないけど、いつもの悪意むきだしの発言とはちょっと違う。

スマホのアラームが鳴った。「部屋に戻って勉強しなくちゃ」

「勉強するのにアラームをセットするのか？」

「いろんなことにアラームをセットするけど？　それがわたしのやり方なの」

「じゃあ、明日の授業が終わったらふたりで何か楽しいことをする、というアラームをセットしてくれ」

これは誰？　ほんとのハーディンはどこ？

「わたしの考える〝楽しいこと〟は、あなたのとは違うと思うけど」そもそも、ハーディンにとって〝楽しいこと〟ってなに？

「そうだな……猫をいじめたり、建物に放火したり……」

話がそれたのにほっとして笑っていると、彼も笑顔を向けてくれた。

「いまのは冗談だけど、きみにはお楽しみが必要だ。せっかく友達になったんだから、いっしょに楽しいことをすべきだな」

ハーディンとふたりきりになっていいものだろうか。答える前に一瞬、考えてしまったが、返事をする前に、彼はくるりと背を向けて歩き出した。「よし、誘いに乗ってくれてうれしいよ。じゃ、また明日」

そして、彼は行ってしまった。

わたしは無言のまま、歩道の縁に座りこんだ。いまさっきの会話のせいで頭がくらくらする。まず、ハーディンはセックスしようと持ちかけてきて、どれほどの快感を与えてもらえるか知らないくせにと言ってわたしを侮辱した。そのわずか数分後、これからは優しく接するよう努力すると言った。それからふたりで冗談を言って笑ったりしたのは楽しかった。質問したいことはたくさんあるけど、ハーディンとは友達になれそうだ。ステフがそうだったように。ううん、ステフとは違うけど、ネイトのように、彼といっしょにいる友達みたいにはなれそうだ。

たぶん、これがベストだ。これからはキスしたり、彼から迫られたりすることもない。ただの友達。

だけど、ハーディンの人となりをまったく知らない学生たちを抜けて寮の部屋に戻りながら、わたしはある不安を振り払うことができなかった。もしかして、ハーディンの仕掛けた罠に、自分からまたかかってしまったのではないだろうか。

24章

部屋に戻って勉強しようと思ったが、集中できそうになかった。ノートを眺めてもさっぱり頭に入ってこない数時間を過ごしたあと、シャワーを浴びることにした。混んでいるときの男女共用シャワールームはまだ落ち着かないけど、ちょっかい出されることもなかったので、すこしずつ慣れてきた。

熱いお湯が緊張した体をほぐしてくれる。ハーディンと休戦協定を結んでほっとすべきなのに、怒りといら立たしさが不安や困惑に変わっただけだった。明日はハーディンといっしょに〝楽しい〟ことをして過ごすことになったけど、心配でたまらない。とにかく、何ごともなく過ぎるよう祈るだけだ。彼と親友になれるとは思っていないが、話すたびに怒鳴り合わなくてすむ関係にはなりたい。

シャワーがあまりに気持ちよくて、ゆっくりしてしまった。部屋に戻ると、帰ってきたステフがまた出ていったあとだった。トリスタンにキャンパス外のディナーに連れてってもらう、とメモがあった。トリスタンはわたしも好きだ。アイラインが濃すぎるけど、すごくいい人に見える。ステフとトリスタンがこのままつき合うなら、ノアがこんど来たときにダブルデートできるかも。ちょっと待って、冗談でしょう？ノアはああいう人たちとつるんだりしない。でも、三週間前まではわたしも彼と同じように思っていた。

結局、寝る前にノアに電話した。まる一日、話していなかったが、彼は愛想よく答えてくれた。電話に出るなり、きょうはどうだったとすごく心配されたので、とくに問題なく過ごしたと答えた。明日はハーディンと出かけることになったと報告すべきだったものの、黙っていた。ノアは、強豪チームのシアトル・ハイスクールとサッカーの試合をして大勝したと報告してくれた。いいプレーができたと心の底から喜んでいる彼の声を聞いて、わたしもうれしく思った。


翌日はあっという間に時間が過ぎた。ランドンと英文学のクラスに行くと、ハーディンはすでにいつもの席についていた。「今夜はおれとデートだぞ」彼の言葉にわたしは口をあんぐり開けた。ランドンも同じ表情だ。こんなふうにハーディンに言われるのと、そのせいでわたしに対するランドンの見方が変わるかもしれないのと、どっちがいやだろう？　ハーディンと親しくなる道のりは最初から険しいみたいだ。

「デートじゃないでしょ」彼に言ってから、ランドンのほうを向いてため息をついてみせる。「友達としてつき合ってるの」

「同じことだ」ハーディンが口を挟んだ。

クラスのあいだじゅうずっと、わたしは彼を避けた……といっても、それほど難しくなかった。彼のほうも話しかけてこなかったからだ。

授業が終わると、ランドンはバックパックにノートをいれながらハーディンをちらと見て、わたしに向かって口早に言った。「今夜は気をつけて」

「ちょっと仲良くしようとしてるだけよ。ほら、わたしのルームメイトが彼の親友だから」ハーディンに聞こえないよう答えた。

「わかってる。誤解してるわけじゃないよ。ただ、ハーディンがきみの友達としてふさわしいかどうか」ランドンがわざと大きな声で言ったので、わたしは顔を上げた。

「おれの悪口を言う以外にすることはないのかよ？　失せろ」ハーディンがわたしの背後で大声を出す。

ランドンは眉根を寄せ、こちらをまた見た。「とにかく、ぼくが言ったことを忘れないで」去っていく後ろ姿を見送りながら思った。どうしよう。もうすでに彼を動揺させてしまったのかもしれない。

「ランドンに意地悪なこと言わなくてもいいでしょう？　兄弟も同然なんだから」

ハーディンが目を見開く。「いま、なんて言った？」

「あなたのお父さんと彼のお母さん、そうなんでしょ？」ランドンがうそをついている？　それとも、言ってはいけないことだったのだろうか。父親との関係については持ち出すなと言われたけど、あのときの話全部だとは思わなかった。

「きみには関係ない」ハーディンは、ランドンが消えたドアのほうを腹立たしげに見た。「あのくそ野郎、なぜきみに話したりしたんだ。やつを黙らせないといけないな」

「そんなのやめて。わたしのほうから無理に聞き出したんだから」ハーディンがランドンを傷つけるかと思うと、気分が悪くなる。話題を変えなくては。「それで、きょうはどこへ行くの？」でも、ハーディンににらまれた。

「どこにも行かない。やっぱり、やめだ」彼は言い捨てると、くるりと背を向けて行ってしまった。わたしは立ったまま、彼が気を変えて戻ってくるのを待った。

いったい、なんだっていうの？　あんなにころころ気分が変わるなんて、ほんとうにハーディンはつきあいづらい人だ。

寮の部屋に戻ると、ゼッドとトリスタン、それにステフが彼女のベッドに座っていた。トリスタンの目はステフにくぎづけ。ゼッドはジッポーライターの蓋を開け閉めして遊んでいる。いつもだったら、呼んでもいない人が大勢いるのは好きじゃないけど、ゼッドとトリスタンのことは好きだし、わたしには気晴らしが必要だった。

「お帰り、テッサ！　授業はどうだった？」ステフが満面の笑みをこちらに向ける。そして、それを見るトリスタンの顔がぱっと明るくなった。

「まあまあだった。あなたは？」教科書を洋服だんすの上に置くと、彼女は、教授が熱いコーヒーをこぼしたせいで授業を早く切り上げたと教えてくれた。

「きょうはすてきだね、テッサ」ゼッドが言うので、わたしは礼を言ってからステフのベッドに上がりこんだ。四人が座るには狭いけど、なんとか落ちないようにしながら、風変わりな教授たちについていろいろ話していると、ドアが開いた。

みんなで振り向くと、ハーディンが立っていた。

「ちょっと、一回ぐらいノックしてもいいでしょ」ステフにたしなめられて、彼は肩をすくめた。「あたしが裸でいるかもしれないじゃん」と彼女が笑う。マナーが悪いのはとくに気にしていないようだ。

「いままで見たことがないわけじゃないだろ」ハーディンがからかうのを聞いて、ステフとゼッドはくすくす笑ったけど、トリスタンは顔を曇らせた。何がおかしいんだろう。ステフとハーディンがいっしょにいるところなんて想像したくない。

「もう、黙りなさいよ」ステフが笑いながらトリスタンの手を握ると、彼は笑顔を取り戻して体を寄せていった。

「おまえら、いまから何するんだ？」ハーディンはそう言って、向かいに――わたしのベッドに――腰かけた。座らないでと言いたかったけど、黙っていた。一瞬、謝りに来たのかと思ったけど、彼は友達に会いに来ただけ。しかも、そのなかにわたしは入ってない。

ゼッドがにんまりした。「実は映画に行くところなんだ。テッサ、きみも来いよ」答える間もなく、ハーディンが口を開いた。「テッサとおれは予定がある」奇妙な鋭さがにじむ声。

どうしよう、すごく機嫌悪そうだ。

「なんだって？」ゼッドとステフが揃って声をあげる。

「ふたりで出かけるので、迎えに来たんだ」ハーディンは立ちあがって両手をポケットに突っこむと、身振りでドアのほうを示す。「準備できたか？」

いいえ！　頭のなかではそう叫んでいたのに、わたしはうなずいてステフのベッドから下りていた。

「じゃ、またあとでな！」ハーディンは、わたしをドアの外へ文字どおり押し出した。先に立って車のところまで行き、驚いたことに助手席のドアまで開けてくれる。わたしは腕組みをして彼をじっと見た。

「ふん、そうか。もう二度とドアを開けてやらないからな……」

あきれて、わたしは首を横に振った。「いったい、どういうつもり？　迎えに来たわけじゃないのはわかってる――わたしとはつき合いたくないって言ったばかりでしょ！」

また、怒鳴り合うふたりに戻ってしまった。大げさな意味じゃなく、彼のせいで頭がどうにかなりそうだ。

「違う、おれはきみを迎えに行ったんだ。さあ、車に乗れ」

「いやよ！　ここで認めないなら、部屋に戻ってゼッドといっしょに映画に行くから」そう言うと、ハーディンが歯を食いしばった。

やっぱりね。どう受けとめていいのかわからないけど、ハーディンは、わたしがゼッドと映画に行ってほしくないと思っている。いま、わたしを連れ出そうとしている理由はそれだけだ。

「認めなさいよ、ハーディン。じゃないと、帰るわよ」

「オーケー、わかった。認めるよ。いいから、さっさと車に乗れ。これで最後だぞ」

彼は車の前を回って運転席に座る。

やめたほうがいいという心のなかの声を無視して、わたしも乗りこんだ。

ハーディンは怒った顔のまま駐車場から車を出し、キンキンした音楽のボリュームをいっぱいに上げる。わたしは手を伸ばしてスイッチを切った。

「おれのカー・オーディオに触るな」

「そうやっていつまでもすねるなら、あなたとはつき合いたくない」彼が態度を改めないなら、その場で車を降りて、ヒッチハイクで寮まで帰ってやる。

「わかったよ。とにかく、カーラジオには触るな」

ルーズリーフをばらばらにされたときを思い出して、仕返しにラジオを窓の外に放り出してやりたくなる。ダッシュボードから取り外す方法を知っていたら、絶対にそうしていただろう。

「なんで、わたしがゼッドと映画に行くのを気にするの？　ステフやトリスタンもいっしょなのに」

「ゼッドがよからぬことを考えているような気がしたからだ」ハーディンは道路を見つめたまま静かに言った。

わたしが笑いだすと、彼は顔をしかめた。「へえ、そういうあなたはどうなの？ すくなくとも、ゼッドはわたしに失礼なことを言ったりしないけど」どんな形であれ、ハーディンがわたしを守ろうとするなんて爆笑ものだ。ゼッドはただの友達。ハーディンと同じだ。

彼は目をそらし、質問には答えなかった。音楽のボリュームをまた上げられて、ギターとベースが耳に痛いほどだ。

「音量を下げてくれない？」

意外にも彼はそのとおりにしたが、バックグラウンド・ノイズとして流したままにする。

「ひどい音楽」

彼は声をあげて笑い、ハンドルをリズミカルに指でたたき始めた。「そんなことはない。もっとも、きみが思う〝いい〟音楽ってのがどんなものか聞きたいとは思うが」こんなふうに笑うハーディンは屈託なく見えた。下ろした窓から入る風に髪がなびいているときはとくに。彼が片手をあげて髪をかきあげる。おでこを出してるほうがわたしは好き。そんな思いを、頭を振って追い払った。

「そうね、フォークロック・バンドのボン・イヴェールとか、ザ・フレイとか」

「やっぱりな」ハーディンがくすくす笑う。

「何がおかしいの？　めちゃくちゃ才能があって、すてきな音楽を生み出す人たちよ」

「ああ……確かに才能はあるな。聞いてる人間を眠らせる才能が」

ふざけてハーディンの肩をぶつと、彼は大げさに顔をしかめて笑った。

「とにかく好きなの！」こんなふうにふたりではしゃいだままでいられるなら、楽しく過ごせるかもしれない。「ねえ、どこへ行くの？」

「おれの好きな場所だ」

「それって……？」

「なんでもかんでも、前もって知らないと気がすまないんだな」

「そうよ……だって――」

「すべてをコントロールできるように、か？」

言葉が出ない。そう、彼の言うとおりだ。でも、それがわたしなんだもの。

「着くまで教えない……あと五分くらいだ」

レザーシートの背もたれに体を預け、ちらと後部座席を見る。教科書やばらばらのレポート用紙がぐちゃっと片方に積みあげられ、もう一方には厚手の黒いトレーナーがあった。

「気になるものでも見つけたか？」ハーディンに見つかり、ばつが悪くなる。

「これってどういう車？」どこへ行くのかわからない不安と、詮索しているようなところを見つかったことから気をそらそうとした。

「フォード・カプリ――名車だ」彼は得意げに鼻を膨らます。滔々《とうとう》と説明してくれたけど、さっぱりわからない。とはいえ、車のすばらしさを語りながらゆっくり動く唇を見ているのは楽しかった。会話の合間に何度かこちらを見てから、ハーディンが言う。「じろじろ見られるのは好きじゃない」口調はきつかったものの、彼は、すぐにほほ笑んだ。

25章

砂利道に入ると、ハーディンは音楽を切った。聞こえるのは、タイヤが小石を踏む音だけ。まわりに何もないことに気づいて、落ち着かなくなる。彼とふたりきり、ほかに誰もいない。車も建物も、なんにもなかった。

「心配するな。人気《ひとけ》のないところに連れ出して殺そうってんじゃない」ハーディンの冗談に思わず息をのむ。そんなことより、彼とふたりきりになったときに自分が何をするのかわからないのが怖いのに。

さらに二キロメートルほど走ったところで彼は車を止めた。窓の外を見ると、草地のなかに木立があるだけ。黄色い野の花が暖かな風に揺れる。静かですてきなところだけど、どうしてここへ連れてきたのだろうか。

「ここで何するの?」車から降りながら尋ねてみる。

「まず、すこし歩く」

わたしはため息をついた。運動のためってこと?

不満げな表情に気づいたのか、ハーディンはつけ加えた。「それほどの距離じゃない」そして、何度も通ってなぎ倒されたような草の上を歩いていく。

ふたりとも黙ったまま、目的地まで歩いた。遅すぎるとハーディンに何度か文句を言われたものの、無視してまわりを見渡す。あてもなく来たように思われたけど、彼がここを好きな理由がわかったような気がする。すごく穏やかで静か。本が一冊あれば、いつまでだっていられそうだ。ハーディンは踏み分け道を外れて木立のほうへ入っていった。いつもの疑り深さが頭をもたげたが、わたしはあとをついていった。数分後、わたしたちは木立を抜けて小川のせせらぎに出た。いや、川といってもいい。どこのなんていう川かはわからないけれど、かなり深い流れのようだ。

ハーディンは何も言わずに、黒いTシャツを頭から脱いだ。タトゥーの入った上半身に目が吸い寄せられる。明るい日差しの下で見ると、肌に描かれた枯れ枝は不安をかき立てるというより、魅力的で興味をそそられた。彼は屈《かが》みこんで、汚れた黒いブーツの紐を解いた。ちらっとこちらを見上げた拍子に、上半身裸でいるのを食い入るように見ているのがバレてしまった。

「ちょっと、どうして服を脱いでいるの?」わたしは小川に目を移した。「まさか、泳ぐの? あのなかで?」と流れを指さす。

「ああ、きみもだ。おれはいつも泳いでる」ハーディンはジーンズのボタンを外し、屈んで脚から引き抜く。わたしは、むき出しの背中の筋肉が動くのを必死で見ないようにした。

「やだ、あんなところでは泳がない」泳ぐのはかまわない。でも、ちゃんとしたプールでもない、こんな場所では不安だ。

「理由は?」彼は川のほうを身振りで示した。「底が見えるほどきれいなんだぜ」

「ってことは……魚もいるだろうけど、ほかに何があるかわからないじゃない」ばかげた台詞だとは百も承知だけど、無理。「泳ぐなんて聞いてないから、水着がない」

ハーディンも、それには反論できないはずだ。

「きみは、下着を着けない主義だって言ってるのか?」えくぼを見せてにやりと笑う顔にあきれてしまう。「そうじゃないなら、ブラとパンティになれよ」

　待って。ここへ来たらわたしが服をぜんぶ脱いで、いっしょに泳ぐと思ってたの？ハーディンと裸で小川に入ることを思うと、お腹のあたりがかっと熱くなった。こんなこと、いままで一度だって考えたことないのに。

「下着姿で泳いだりなんかしない。いやらしいこと言わないで」わたしは柔らかな草地に腰を下ろした。「見てるだけにする」

　ハーディンは不機嫌そうな顔になった。ボクサーパンツの黒い生地が体に貼りついている。上半身裸でいるのを見るのはこれが二度目だけど、広々とした空の下ではさらにすてきに見えた。

「つまらないやつだな。きみはいろいろ損してるよ」彼はそう言い捨てて川に飛びこんだ。

　わたしは地面に目を落としたまま、むしった草をいじった。「水は温かいぞ、テス！」と川から呼ぶ声がする。濡れて黒くなった髪から水が滴り落ちるのが、ここからでも見える。彼は笑いながら髪をかきあげ、片手で顔を拭った。

　一瞬、自分以外の誰かになりたいと思った。もっと度胸のある人間、そう、ステフのような。彼女なら服をぜんぶ脱ぎ、ハーディンといっしょに水温《ぬる》む川に飛びこむだろう。しぶきを上げてはねまわり、岸に上がってはまた飛びこんで、彼とふたりでびしょ濡れになる。屈託がなくて、いっしょにいても楽しい人。

でも、わたしはステフじゃない。テッサだ。

「つまらないどころの話じゃないな……」ハーディンは叫ぶと、岸に泳いできた。わたしがむくれるのを見て、くすくす笑う。「せめて靴を脱いで、足を浸けてみろよ。すごく気持ちいいぜ。そのうち、入って泳ぐには水も冷たくなるだろうけど」

足を浸してみるだけなら、いいかも。靴を脱いでジーンズの裾をまくり、両足をちょっと川に突っこんでみる。ハーディンの言うとおり、水は温かく澄んでいた。爪先を動かすと、自然と笑みがこぼれた。

「気持ちいいだろう?」彼の言葉にわたしはうなずいた。「だから、思いきってなかへ入れよ」

首を横に振ると、水をかけられた。ぱっと立ちあがって、彼をにらみつける。

「川に入ってくれたら、きみの質問に答えてやる。いつものように、プライバシーにずかずか踏みこんできてもかまわない。なんでもいいよ。ただし、ひとつだけだ」

好奇心には勝てず、首を傾げて考える。彼は謎の多い人だけど、そのうちのひとつを解き明かすチャンスかもしれない。

「一分過ぎたら、申し出は無効だ」そう言ってハーディンは水のなかに消えた。しなやかな体が澄んだ水中を泳ぐのを見ていると、たしかに楽しそうだし、彼が言った交換条件も魅力的だった。好奇心をくすぐれば、わたしが言うとおりにすると知っているのだ。

「テッサ」水中から頭を出して、彼が言う。「考えすぎるのはやめて、思いきって飛びこめ」

「着替えがない。服を着たまま水に入ったら、びしょ濡れのまま戻ることになる」そのころにはもう、泳ぎたい気になっていた。というか、実はすこし前からそうだった。

「おれのTシャツを着ればいい」ハーディンの言葉にびくっとする。冗談かと思ったが、違うみたいだ。「遠慮するなよ。じゅうぶん長いから、ブラやパンティも脱がなくていい。まあ、脱いでくれてもかまわないんだけど」と笑顔で言うのを聞いて、わたしはあれこれ考えるのをやめた。

「わかった。でも、あっちを向いて。わたしが着替えるあいだ、こっちを見ないで――本気で言ってるんですからね！」おどすような声を出そうとしたけど、ハーディンは笑っただけだった。彼がこちらに背を向けたので、シャツを頭から脱ぎ、急いで彼のをつかむ。かぶって着てみると、太腿のまんなかぐらいまで隠れた。思わず、Tシャツのにおいにうっとりする。コロンの残り香と、ハーディンの香りとしか言いようのないものが混ざり合ったにおいだ。

「早くしないと、そっちを向くぞ」棒切れでもあったら、頭に投げつけてやるのに。

ジーンズのボタンを外して脱ぎ、シャツといっしょにちゃんと畳んで靴の隣に置く。ハーディンが振り向いたので、黒いTシャツの裾をできるだけ下げようと引っぱった。

彼は目を見開いて、わたしの体をまじまじと眺めた。ロピアスを噛み、ほほを赤くしている。きっと、冷たい水で寒くなったせいだ。だって、わたしを見てそんな反応を見せるはずがない。

「えっと……水のなかに入るか?」いつもよりかすれた声。わたしはうなずいて、ゆっくり岸に歩いた。「とにかく飛びこめ!」

「わかった! わかったってば!」どぎまぎしながら叫ぶと、ハーディンはけらけら笑った。

「すこし助走をつければいい」

「オーケー」すこし下がって走り出す。自分でもばかみたいと思ったものの、考え過ぎてダメにしたくない。でも、あと一歩で飛びこむという瞬間に水面を見てしまい、岸の端ぎりぎりのところで足が止まった。

「なんだよ! 走り出しはいい感じだったのに!」頭をのけぞらせて笑うハーディンがかわいく見えた。

ハーディンが、かわいい?

「無理、できない!」なぜ止まったのか、自分でもわからない。飛びこんでも大丈夫な深さだけど、深すぎるわけじゃない。ハーディンが立っているところでも、せいぜい胸のあたりまで。ということは、わたしのあごの下ぐらいだろうか。

「怖いのか？」低くまじめな声できかれた。

「ううん……わからない。まあ、すこしは」正直に言うと、ハーディンは水中を歩いてきた。

「岸に座れよ、手を貸してやる」

わたしは腰を下ろし、パンティが見えないよう脚をきつく閉じた。それに気づいたのか、彼はにやりとしながら手を伸ばしてきた。腿をつかまれると、全身が燃えるように熱くなる。なぜ、こんなふうに反応してしまうのだろう。友達になろうとしてるんだから、こんなのは無視しなければ。彼は両手をわたしの腰に添えた。「いいか？」うなずいたとたん、体を持ちあげられて川のなかに引きずりこまれた。熱い肌に触れる水が心地いい。ハーディンがすぐに手を離したので、わたしは水中に立った。まだ岸に近いところだったので、胸のすぐ下ぐらいの深さだ。

「突っ立ったままでいるなよ」茶化すように言われたのを無視してすこし歩くと、水のなかでTシャツの裾がふわっと持ちあがる。わたしは悲鳴とともにそれを引きおろした。最初に位置を直すと、あとはだいじょうぶだった。

「面倒なら脱げばいいのに」にやにやしながら言うハーディンに、水しぶきをかける。

「よくもやったな」おもしろがる彼に向かって、もう一度水をかけた。彼は濡れた顔を振り、水に潜ってこちらに向かってきた。長い腕でわたしの腰をつかんで引きずりこもうとするので、シャツをつかんでいた手を離して、鼻をつまんだ。鼻クリップなしでの泳ぎはできない。水から顔をあげると、ハーディンが大笑いしているので、わたしもいっしょになって笑った。心配していたけど、いまのところは楽しく過ごせている。いい映画を見てまあまあおもしろかったとかいうレベルではなく、心の底からほんとうに楽しい。

「きみが楽しそうにしてるのと、水のなかでは鼻をつままないといけないこと。どっちがより愉快だろうか？」彼は笑いながら言った。

ふいに気が大きくなり、Tシャツの裾がまた持ちあがるのもかまわずハーディンに近づき、頭を水に沈めてやろうとした。でも、当然ながらわたしの力ではびくともしない。彼は白くきれいな歯を見せて大笑いするばかりだった。どうして、いつもこんなふうでいてくれないの？

「質問に答えてくれるんじゃなかった？」

ハーディンは目をそらして岸辺のほうを向いた。「ああ、ひとつだけな」

あまりに多すぎて、何をきけばいいのかわからない。でも、心のなかでつぶやく声がそのまま出てしまった。「この世でいちばん愛しているのは誰？」

なぜ、そんなことを質問したの？　もっと具体的なことを知りたいのに。どうしてそんなにいやなやつなのか、とか。なぜアメリカにいるのか、とか。

質問に戸惑ったのか、ハーディンは不思議そうにこちらを見た。「おれ自身だ」そして、ちょっと水のなかに潜る。

ぱっと浮き上がってきた彼に向かって、わたしは首を横に振った。「そんなのあり得ない」と挑発するように言ってみる。彼が傲慢なのはわかってるけど、それでも愛する誰かがいるはず……ほんとにいないの？「ご両親は？」質問を口にした瞬間、わたしは後悔した。

ハーディンの顔がゆがみ、瞳から柔らかさが消えた。「両親のことは二度と口にするな。いいか？」嚙みつくように言われて、わたしは自分をぶってやりたくなった。いっしょに過ごした楽しいひとときを台無しにしてしまった……。

「ごめんなさい、ちょっと気になっただけ。でも、質問には答えるって言ったのに」と食い下がる。彼はすこし表情を和らげて近づいてきた。そのまわりにさざ波が立つ。

「ほんとにごめんなさい、ハーディン。もう二度と口にしないから」ここでけんかなんてしたくない。彼の機嫌を損ねたら、ここに置いていかれる。

ふいに腰をつかまれて、体が空に持ち上がる。脚をじたばたさせながら腕を振り回し、下ろしてと叫んだけど、ハーディンにそのまま放り投げられた。一メートルほど離れたところで水の上に顔を出すと、彼は笑ったまま、楽しげに瞳を輝かせていた。「ひどい目に遭わせてやる！」と怒鳴ったのに、あくびのふりをされたので、彼のほうへ泳いでいった。また体をつかまれて——わたしはいつの間にか彼の腰に脚を巻きつけていた。ショックを受けた彼が息をのむ。

「ごめん」わたしはつぶやいて脚を解いた。

彼はわたしの両脚をつかんで腰にもう一度巻きつけさせた。ふたりのあいだにふたたび、強烈な興奮がびびっと走る。ううん、前よりずっと激しい。なぜ、ハーディンが相手だとこんなことがいつも起こるのだろうか。わたしはそんな思いをさえぎり、体を支えようと両腕を彼の首に回した。

「おれに何をした、テス」ハーディンは小声で言い、わたしの下唇を親指でかすめた。

「わ、わからない……」まだ唇をなぞる親指に向かって正直に答える。

「この唇で……どんなことができるか」ゆったりと誘うような口調。お腹のあたりの灼けるような感覚に、わたしは彼の腕のなかでとろけそうになった。「やめてほしいか？」彼がのぞきこんでくる。その瞳孔がすっかり開き、欲望にけぶる瞳は緑色の細いリングのようにしか見えない。

理性が追いつく前にわたしは首を横に振り、水のなかで体を彼に押しつけた。

「おれたちはただの友達になんかなれない。きみもわかってるだろう？」あごに唇を押し当てられて、体がぞくっとする。下あごをキスでたどられながら、わたしはうなずいていた。ハーディンの言うとおりだ。この状態がどういうことかはわからないけど、彼とただの友達には絶対なれない。耳のすぐ下の柔らかなところを唇で触れられて、吐息がもれる。それを合図に、ハーディンはつぎにそっと肌を吸った。

「ああ、ハーディン」腰に回した脚で彼を絞めあげる。両手を背中に回して、肌に爪を立てる。首にキスされただけで、もう爆発してしまいそうだ。

「そんなふうにおれの名前を呼んでほしいんだ、テッサ。何度も。いいだろう？」

なりふりかまわぬ必死な声に、ノーと言うことなどできない。胸の奥ではそうわかっていた。

「口に出して返事をしてくれ、テッサ」彼が耳たぶを噛む。わたしはもう一度、激しく首を縦に振った。「ちゃんと言葉にしろよ。きみがほんとうにそう思ってるって知りたいんだ」ハーディンの手が黒いTシャツの下に伸びていく。

「ええ、いいわ……」もつれた言葉がこぼれる。彼は首筋に唇を押し当てたままほほ笑み、甘い責め苦を続けた。何も言わずにわたしの腿をつかみ、体を自分の胸まで持ちあげたまま水から出ようとする。川岸に着くと、彼はわたしを離して先に水から出た。むずかるようなわたしの声が彼のエゴに火をつけた——それでもかまわない。いまは、ハーディンがどうしても欲しかった。彼は両手をとって、岸に引きあげてくれた。

　どうしたらいいのかわからず、わたしはただ草の上に立っていた。厚手のシャツが濡れて肩にずしりと重く、ハーディンがすごく遠くへ行ったような気がした。彼も立ったまま、すこし屈んでわたしの目を見た。「ここがいいか？　それとも、おれの部屋で？」

　わたしはどぎまぎしながら肩をすくめた。ハーディンの部屋には行きたくない。遠すぎて――車に乗っているあいだに、自分が何をしようとしているのか、また考えすぎてしまう。

「ここで」と答えて、あたりを見回す。見渡すかぎり誰もいない。いえ、誰も来ないことを祈るばかりだ。

「待ちきれない？」ハーディンがにやりとした。あきれ顔を作ろうとしたけど、緊張を隠そうと必死になってるようにしか見えないだろう。彼に触れられていない時間が長くなるほど、体の奥の炎がゆっくり燃え尽きていきそうだ。

「おいで」低い声でささやかれて、熱く燃えるものが戻ってきた。

　柔らかな草を踏みしめて、ハーディンから何センチも離れていないところまで行く。Tシャツの裾に両手が伸びてきて、あっという間に頭から脱がされた。わたしを見る彼のまなざしだけで頭がおかしくなりそうだ。ホルモンが暴走を始めてる。ふたたび、頭のてっぺんから爪先までじっと見つめられて手を取られると、心臓がばくばく言い始めた。

ハーディンは毛布の代わりにシャツを地面に広げた。「横になれ」わたしの手を引いて、濡れた生地の上にうつぶせに寝かせると、彼は隣に横になってひじ枕をした。こんなふうに無防備な姿のわたしを見たのはいままでひとりもいない。いっぽうハーディンは、おおぜいの女の子を見てきた。それも、わたしなんかよりずっと見た目のいい女の子をたくさん。両手で体を隠そうとしたけど、上半身を起こした彼に両手首をつかまれて体の横に押し戻された。

「おれの前では隠したりするな」こちらの目をのぞきこみながらハーディンが言う。

「だけど……」言い訳しようとしたが、さえぎられた。

「そんな必要ない。恥じることなんか何もないんだ、テス」彼は本気で言ってるの？

「本気だ、自分の姿を見てみろ」わたしの心を読んだように彼は続けた。

「あなたは経験豊富なのに」と口走ると、ハーディンは眉をひそめた。

「きみみたいな女はひとりもいなかった」どんなふうにでも解釈できる答えだけど、深く追求するのはやめた。

「コンドームは持ってる？」セックスについてのなけなしの知識を必死で思い出す。

「コンドーム？」彼は含み笑いをもらした。「セックスするつもりはない」なんなの？

訳がわからない。わたしに屈辱を与えるゲームでもしてるの？

「ああ、そう」体を起こそうとしたが、ハーディンに肩をつかまれて、そっと押し戻される。わたしの全身は真っ赤になっているはずだ。こんなふうに、意地悪なまなざしに晒《さら》されたくない。

「どこへ行く——」話し始めた彼はふと気づいたらしい。「ああ……いや、テス、そんなつもりで言ったんじゃない。ただ、きみはこういった経験がそんなに……まったくないから、いきなりセックスするつもりはないって言いたかっただけだ」そして、わたしの顔を見る。「きょうはまだ」その言葉に、胸の奥の黒いかたまりがすこしほぐれた。

「それよりまず、きみにしてやりたいことがたくさんある」ハーディンは覆いかぶさってきた。といっても、腕立て伏せをするように両手で自分の体重を支えている。濡れた髪からしずくがわたしの顔に垂れてきて、思わず身をよじった。

「きみと寝た男がまだいないなんて、信じられない」彼はつぶやいて、横にまた寝そべった。片手でわたしの首筋に触れたかと思うと、指先で胸の谷間をたどってパンティのすぐ上で止める。ハーディンとわたしがこんなことをしているなんて。いったい、何をされるのだろう。痛いのだろうか。いろんな思いがわいてくるけど、彼の手がパンティのなかに差しいれられたとたん、それは消えていった。ハーディンは息をのみ、唇を重ねてきた。

指先がほんのすこし動いただけで、わたしは衝撃を受けた。

「気持ちいいか?」唇を離さぬまま、彼が質問する。

あそこをそっと触られているだけなのに——どうして、こんなに感じるの? わたしがうなずくと、ハーディンは指の動きをゆっくりにした。

「自分でやるときよりも?」

えっ?

「感じるか?」彼がまた尋ねる。

「な、なんのこと?」いまは心も体も自分の思いどおりにならないけど、なんとか返事をする。

「自分で触るときのことだよ。こんなふうに感じるか?」

なんて答えたらいいのかわからない。じっと見ていると、ハーディンの目が光った。

「待て……それもやったことないんだな?」驚きでいっぱいの声。でも、ほかに……欲望も含まれている? 彼はまたキスをしながら、指を上下に動かした。「こんなに反応して、もう濡れてるよ」ハーディンの言葉に声がもれてしまう。彼が言うとどうして、みだらな台詞がこれほどセクシーに聞こえるのだろう。そっとつまれるような感触に、衝撃が全身を駆け抜けた。

「何？　いまのって……」なかばうめき声で尋ねる。彼は含み笑いするだけで答えてくれなかったが、もう一度同じことをされると、背中が草地から反り返った。ハーディンの唇が首筋を這い、胸へと滑り下りてくる。ブラのカップのなかまで舌をしのばせて、手で胸を撫でさする。わたしは下腹部に高まるものを感じた——天国にいるみたい。両目をぎゅっとつぶって、唇を噛む。また背中が反り返り、脚が震え始めた。

「そうだ、テッサ、おれのためにいってくれ」そう言われて、自分を抑えていたものが弾け飛びそうになる。「おれを見ろ」

ハーディンのささやきに目を開けた。胸のあたりを噛まれているのが見えた瞬間、目の前が真っ白になる。「ハーディン」と繰り返すと、彼のほほが赤くなった。こんなふうに呼ばれるのが好きみたい。彼はゆっくり手を引き抜き、呼吸を整えようとするわたしのお腹の上に置いた。自分が生きていることを体の隅々まで実感したのは初めて。それに、これほどリラックスしたのも。

「落ち着くのに一分間だけやるよ」ハーディンはひとり笑って体を離した。

どうして？　そばにいてよ。そう思ったのに、なぜか言葉が出てこない。人生で最高の数分間を過ごしたばかりなのに。起き上がって見つめると、彼はすでにジーンズを身に着け、ブーツを履いていた。

「もう帰るの？」わたしは困惑を隠せなかった。ハーディンも触ってほしいのかと思っていたのに。やり方を知ってるわけじゃないけど、教えてくれればできる。

「ああ、もうすこしここにいたいのか？」

「ううん、ただ……そうじゃなくて、あなたも……」どう表現したらいいのかわからなかったけど、ハーディンは気づいてくれた。

「ああ、そういうことか。いや、おれはいい。いまのところは」彼はちょっとほほ笑んだ。また、元の最低野郎に戻るつもり？　あんなことがあったのに、それはいやだ。人生でもっとも親密な体験を彼とともにしたばかりなのに、また酷い態度を取られたら、耐えられそうにない。いまのところは、ってことは、あとでという意味？　わたしはすでに後悔しはじめていた。濡れたブラとパンティの上から服を着ながら、腿のあいだの柔らかな部分が濡れていることには気づかないふりをした。ハーディンは濡れたシャツを拾って、こっちへ放ってよこす。

　混乱した表情を見てとったのか「タオル代わりにして拭けよ」と言う。彼は、腿のつけ根の三角地帯にさっと視線を走らせた。

ああ、そういうこと。ジーンズのボタンを外して敏感な部分をシャツで拭くあいだ、彼はこちらを見ながら下唇を舌で湿していた。ジーンズのポケットからスマホを取り出し、画面を何度も親指でスワイプする。わたしは言われたとおりのことを終えて、シャツを返した。靴を履くと、あんなに激しく情熱的だった空気がよそよそしく冷たいものに変わっていた。わたしは、ハーディンからできるだけ遠く離れたところに行きたくなっていた。

何か言ってくれるのを期待しながら車に戻ったものの、彼は黙ったままだった。これからどうなるのか、わたしはすでに最悪の事態を予想しはじめていた。車のドアを開けてくれたので、お礼の代わりにうなずく。

「どうかしたのか?」砂利道を車で戻りながら、ハーディンが尋ねてきた。

「べつに。あなたのほうこそ、どうしてそんなに変なの?」わたしは質問を返してしまった。答えが怖くて、まっすぐ彼の目を見られないというのに。

「変なのはきみのほうだ」

「違う。あなたはあれから黙ったままじゃないの……あの……」

「きみに初めてのオーガズムを体験させてから、か?」

口がぽかんと開き、ほほが真っ赤になる。彼の遠慮のないいやらしい言葉に、どうしてまだ驚くの?

「そうよ。あれから、あなたはずっと黙ったまま。服を着て、さっさと帰ってきた」

いまは正直なのがいちばんだと思ってつけ加える。「なんだか、自分が利用されているような気がする」

「はあ? 冗談だろ、利用なんかしていない。誰かを利用するなら、おれは絶対に何かを手に入れる」ぶっきらぼうな口ぶりに思わず涙が出てくる。必死に抑えようとしたのに、ほほにひと粒こぼれてしまった。

「泣いてるのか？　おれ、変なこと言ったか？」ハーディンの手が腿に置かれると、不思議なくらい気持ちが落ち着いた。「そんなつもりじゃ――ごめん。女といちゃついたあとに起こるあれこれに慣れてないし、寮の部屋にきみを送ってさっさと帰るつもりもない。いっしょに夕食でもどうかと思ってたんだ。腹が空いてるだろ？」彼は腿に置いた手に力をこめた。

ハーディンの言葉にほっとして、わたしは笑顔を返した。早合点した涙を拭くと、不安もいっしょに消えていった。

ハーディンの何がわたしをここまで感情的にさせるのかわからない。彼に利用されているのかと思うと、必要以上に動揺してしまう。彼に対する気持ちはぐちゃぐちゃ。大嫌いと思ったつぎの瞬間、キスしたくてたまらなくなる。彼のせいで、思ってもみなかったことを心にも体にも感じる。もちろん、セックスとかそういうことだけじゃない。彼のせいでわたしは笑い、泣き、怒鳴り、叫ぶ。だけど、彼は何より、生きていることをわたしに実感させてくれる。

26章

ハーディンの手はまだ、腿の上にあった。このまま動かさないで。両腕を覆うタトゥーの柄を眺めると、手首の上にある無限大の記号がまた目に入った。彼にとって意味があるものなのだろうか。なんの印も入っていない手の甲のすこし上にあり、特別な感じがする。お揃いのサインが入っていないかと、もういっぽうの手首を見たが、何もなかった。無限大のシンボルは、女性のタトゥーとしてならよく目にするけど、ただの輪っかじゃなくて、ハート形になっているのが興味深い。

「で、好きな食べ物は？」

こんな普通の質問をハーディンにされるなんて新鮮だ。もつれたままほとんど乾いている髪をお団子にしながら、わたしは考えた。「そうね、なんでも好き。中身さえわかっていれば——ただし、ケチャップだけはだめ」

彼は愉快そうに笑った。「ケチャップが嫌い？　アメリカ人ならみんな、ケチャップがないと暴動を起こすんじゃないのか？」

「知らない。だって、好きじゃないんだもの」

いっしょになって笑いながらちらちらと見ると、ハーディンが言った。「じゃあ、ごく普通のダイナーにしようか?」

うなずくと、彼は音楽のボリュームをあげようとした手を止めて、わたしの腿にそれをまたのせた。「大学を卒業したらどうする?」彼の部屋にいるときにもされた質問だ。

「シアトルにすぐ引っ越すつもり。出版社で働くか、文筆業に就けたらいいと思ってる。ばかみたいでしょ?」高望みを口にしたのが恥ずかしくなる。「でも、前にも同じ質問をされたわ。覚えてる?」

「ばかみたいなんかじゃない。ヴァンス・パブリッシングハウス社に知り合いがいる。車をちょっと走らせないと行けないが、インターンシップに応募するといい。話をしておいてやる」

「えっ? そんなことしてくれるの?」驚きのあまり声がうわずった。この一時間ほどは彼も感じよくふるまっていたけど、こんな展開になるとは思ってもみなかった。

「ああ、たいしたことじゃない」ハーディンはすこし照れくさそうだ。人に親切にするのに慣れていないのだろう。

「ワオ、ありがとう。仕事かインターンシップを探す必要があったの。実現したら、文字どおり夢がかなうことになるわ!」わたしは両手をたたいた。

彼は声を抑えて笑いながら、首を横に振った。「どういたしまして」

れんが造りの古い建物脇の小さな駐車場に車を停めた。

「ここの食べ物にはきみも驚くよ」ハーディンは車から降りた。トランクのほうに回りこんで開けて……なんの変哲もない黒いTシャツをもう一枚、取り出す。同じようなものをたくさん持っているに違いない。上半身裸でいるのを眺めて楽しんでいたわたしは、店に入る前に何か着なければいけないことをすっかり忘れていた。

ダイナーに入り、あまり人気《ひとけ》のないほうに座る。年輩の女性がやってきてメニューを渡そうとしたが、ハーディンはいらないとばかりに手を振った。ハンバーガーとフライドポテトを注文して、同じようにしろと身振りで示す。わたしは彼を信じて注文した——もちろんケチャップ抜きで。

待っているあいだ、リッチランドで育った話をハーディンにした。イギリス出身の彼には聞いたこともない地名だろう。珍しいことなど何もない小さな町で、誰もが同じことをやり、誰も出ていこうとしない。でも、わたしは違う。あそこには絶対に戻らない。期待をこめて辛抱強く待ったけど、ハーディンは自分の過去については語ってくれなかった。わたしの子どものころの話に熱心に耳を傾け、父の飲酒癖を聞くと暗い表情をした。父のことはけんかしたときにもちらっと話したけど、きょうはもうすこし踏み込んだところまで語った。

会話が途切れたときにウェイトレスがやってきた。料理はどれもおいしそうだ。

ひと口ほおばると、ハーディンが言った。「うまいだろ?」わたしはうなずいて口を拭った。バーガーもフライドポテトも信じられないくらいおいしくて、ふたりとも完食した。こんなに夢中になって食べるほどお腹が空いたと思ったのは、生まれて初めてだった。

すっかりくつろいだ気持ちのまま、寮まで車で戻った。ハーディンの長い指で腿をさすられるのが気持ちよくて、キャンパスの学生用駐車場についてWCUの標識が見えたときは心が沈んだ。

「楽しかった?」ほんの数時間前よりずっと、ハーディンに近づけた気がした。その気になれば、彼はすごくすてきな人としてふるまえるのだ。

「ああ、正直言って楽しかった」なんだか驚いたような表情。「部屋まで送っていきたいけど、ステフにあれこれ質問されるのはごめんだから……」彼はほほ笑み、体をこちらに向けた。

「だいじょうぶ。じゃあ、また明日」さよならのキスをすべきかどうかわからなかったので、ほつれた髪を彼が指に絡めてから耳にかけてくれたときにはほっとした。顔を手のひらに預けると、彼は身を乗り出してきて唇を重ねた。ただの優しいキスだったのに、全身に火がついたようになり、もっと欲しくなってしまう。ハーディンに腕をつかまれて、運転席と助手席のあいだを乗り越えてこいと引き寄せられた。言うとおりにしてひざにまたがると、背中がハンドルにあたった。シートがすこし倒されてスペースに余裕ができたのを感じながら、彼のシャツを持ちあげて両手を差しいれる。腹部は固く引き締まり、肌が燃えるように熱い。わたしはタトゥーをなぞってみた。

ハーディンは舌を絡ませながら、わたしをきつく抱き締めた。せつなさに心が痛いけど、こんな近くで彼を感じられるのなら、歓迎すべき痛みだ。両手をさらに上にすべらせると、彼は唇を重ねたままうめき声をもらした。こんなふうに声をあげさせられるなんて、すごくうれしい。快感にまた溺れそうになったとき、スマホの着信音に邪魔された。

「また、アラームか?」体を離してバッグに手を伸ばすわたしを、ハーディンがからかう。

にっこりしながら気の利いた言葉を返そうとしたが、画面のノアの名前を見てわたしは口を閉じた。ちらと見ると、ハーディンも気づいたのか、表情がさっと変わった。彼を、このすてきな時を失うのが怖くて、応答を拒否してスマホを助手席に放り投げた。いまはノアのことなど考えられない。わたしは心の奥に彼を閉じこめて、ドアに鍵をかけた。

でも、身を屈めてキスを続けようとしたのを押しとどめられた。

「おれは消えたほうがよさそうだな」ぴしりとした口調に不安が募る。体を引いてハーディンを見ると、よそよそしく冷たいまなざし。熱い体が一瞬にして硬直した。

「電話には出なかったじゃないの。彼にはすべて打ち明けるつもり。いつ、どんなふうに話すかはわからないけど――先延ばしにはしないから。約束する」初めてハーディンにキスした瞬間、頭の片隅ではなぜかわかっていた。ノアとは別れなければならない、と。すでに彼を裏切ってるのに、何もなかったようにつき合うことはできない。罪悪感に苛《さいな》まれながら彼と会うなんていやだ。それに、ハーディンに対するわたしの気持ち。ノアのことは愛しているけど、彼にふさわしい愛し方をわたしがしていたら、ハーディンにひかれることもなかったはずだ。ノアを傷つけたくはない。でも、もう後戻りできない。

「打ち明けるって、何を？」

「すべてよ。わたしたちのこと」

「はあ？　まさか……おれのために彼と別れるとか言うんじゃないだろうな？」

頭がぐるぐるしてきた。ハーディンのひざから下りるべきなのに、体が動かない。

「そうして……ほしくないの？」

「ああ。そんな必要がどこにある？　彼を捨てたいなら、勝手にそうしろ。だが、おれのためだとか言うのはやめろよな」

「わたしはただ……だって……」言葉がうまく出てこない。

「おれは特定の相手とはつき合わない。前にもそう言ったはずだ、テレーサ」

夜道で車の前に飛び出してきた鹿のように全身が固まる。泣くところを見られたくないという思いだけで、なんとかハーディンのひざから下りた。

「あなたって最低」みじめな思いでつぶやき、助手席の足元に落ちていた荷物とスマホを拾う。ハーディンは何か言いたげな顔のまま、黙っていた。「もう二度と近づかないで——本気だから！」わたしが叫ぶと、彼は目を閉じた。

走るようにしながら寮へ、自分の部屋へ戻る。なかに入ってドアを閉めるまで、どうにか涙をこらえた。ステフがいないことに感謝しながら、ドアにもたれたまま床に滑り落ち、わたしはしゃくりあげて泣いた。なぜ、こんなばかなことをしたのだろう。ハーディンがどんな人間か、ふたりきりで過ごすと決めたときにわかっていたはずなのに、自分から罠に飛びこんでいってしまった。いつになく優しくしてくれたというだけで、彼がボーイフレンドになってくれると思いこむなんて。世間知らずでばかな自分に、泣きながら笑ってしまう。でも、ハーディンだけを責められない。特定の女子とつき合うことはないと言われたけど、きょうはふたりですてきな時を過ごしたのに。陽気にふるまう彼といると楽しくて、それなりにいい関係が築けそうだと思ったのに。

あれはただの見せかけだった。わたしのあそこに手を突っこむためだけに、彼はあんなことをしたのだ。でも、それを許したのはほかの誰でもない、このわたしだった。

27章

涙も乾き、シャワーを浴びてすこし落ち着いたころ、ステフが映画から戻ってきた。

「ハーディンとの……〝外出〟はどうだった？」彼女はドレッサーからパジャマを取り出しながら質問してきた。

「まあまあだった。彼はいつもの……愛想のいいハーディンだった」と言って笑ってみせる。ふたりでしたことを話したかったけど、恥ずかしくてできない。ステフに非難されるようなことはないだろうし、誰かに話したい気持ちはあるけど、やっぱり知られたくない。

心配そうな目で見られて、わたしは顔を背けた。

「とにかく気をつけるんだよ、わかった？　ハーディンみたいなやつを相手にするには、あなたは善い子過ぎるから」

ステフに抱きついて泣きたくなるのをこらえ、話題を変えるために質問した。「映画はどうだった?」彼女は、トリスタンがポップコーンを口に運んで食べさせてくれたことや、彼をマジで好きになってきたと言った。からかってやりたくなるけど、それは嫉妬のせいだ。ハーディンはわたしをおもちゃにして楽しんでいるだけなのに、トリスタンは現実にステフを好きだから。でも、わたしにだって、ちゃんと愛してくれる人がいる。ノアを大切にして、ハーディンとは距離を置くようにしなくては——今度こそ、本気で。

翌朝、わたしは疲れ果てていた。体力だけじゃなく気持ちが萎えて、いまにも泣き出してしまいそうだ。ゆうべも泣いたせいで目が真っ赤だったので、ステフのドレッサーからメイク道具を借りた。ブラウンのアイライナーで下まぶたの際にラインを引くと、すこしはましになった。さらに目の下にパウダーをはたいて、肌の色をカバーする。マスカラを塗ってまったくの別人が現れたのに満足しながら、タイトなジーンズとタンクトップに着替える。でも、それだけでは裸みたいな気がして、白いカーディガンをクローゼットから引っぱり出した。普通に学校に行く日なのに服装にこれほど気をつかったのは、ハイスクールの卒業アルバムの撮影以来、初めてだ。

授業で会おうとランドンからショートメールがきたので、カフェで彼の分もコーヒーを買った。授業までまだ余裕がある。わたしはいつもよりゆっくり歩いた。

「よう、テッサだろ？」振り向くと、お坊ちゃんタイプの男子がこっちへやってきた。

「ローガン、よね？」と言うと、彼はうなずいた。

「今週末も来る？」フラタニティのメンバーなのだろう。そうに決まってる。お金持ちっぽいし、いかにも高そうな服を着ている。

「とんでもない。今週は行かない」

「なんだ、がっかり。きみ、おもしろかったのに。まあいいさ。気が変わったら来てよ。場所はわかるよね？　じゃあ、また」被ってもいない帽子の縁をちょっとあげるふりをして、彼は去っていった。

教室に行くと、ランドンはいつもの席に座っていた。「きょうは違って見えるね」

「メイクしてるから」わたしの冗談に彼はほほ笑んだ。ハーディンと出かけたことをきかないでくれてほっとした。だって、なんと言ったらいいのか自分でもわからない。

ようやく気分もあがってきてハーディンのことを考えるのをやめたころ、文学の授業の時間になった。

ハーディンはいつもの席に座った。きょう着ているのは白のTシャツで、タトゥーが透けて見えるほど。前は何も感じなかったのに、タトゥーとピアスがすごく魅力的に見えたのが驚きだった。わたしはすぐに目をそらし、いつもの席に座ってノートを取り出した。たったひとりの無礼な男子のために、この特等席はあきらめられない。

ランドンが早く戻ってきてくれればいいのに。

「テス?」クラスのみんなが集まり始めるころ、ハーディンがささやいた。

だめよ。返事しちゃだめ。無視しなさい。

「テス?」もうすこし大きな声で彼が繰り返す。

「話しかけないで、ハーディン」歯を食いしばったまま言い捨てるが、彼のほうは見ない。また、罠にかかってはだめだ。

「なんだよ、つれないな」彼はおもしろがってるようだ。

厳しい口調になったけど、かまってるひまはなかった。「本気で言ってるの。ちょっかい出すのはもうやめて」

「そうかよ、好きにしろ」張り合うような耳障りな声に、ため息が出る。

そこへランドンが入ってきたので、わたしはほっとした。ハーディンとのあいだの緊張を見てとったのか、彼は気づかうように尋ねてくれた。「だいじょうぶ?」

「うん、だいじょうぶ」うそをつくと、授業が始まった。

ハーディンとわたしはその週ずっと、お互いを無視した。日々が過ぎていくうちに、彼のことを考えなくても平気になった。ステフとトリスタンの交際も順調のようで、わたしは寮の部屋にひとりきり。でも、これは善し悪しだった。勉強が進んだのはよかったけど、ハーディンのことをいろいろ考えてしまうのは考えものだった。メイクは毎日していたものの、服はあいかわらず体の線を隠すコンサバなものばかり。金曜の朝にはハーディンとのごたごたも乗り越えたような気がしたが、それも、みんながフラタニティハウスでのパーティーの話を始めるまでのことだった。あそこでは、文字どおり毎週金曜にパーティーがある――たいていは土曜にも――なのに、どうして週末ごとにここまで盛り上がれるのか、わたしにはさっぱりわからなかった。

パーティーに行く？　すくなくとも十人にそう尋ねられて、絶対に行かなくてすむための手段に出た。ノアに電話したのだ。

「やあ、テッサ！」彼は弾むような口調で出てくれた。ちゃんと話をしたのはもう数日前で、彼の声が懐かしかった。

「ねえ、こっちに来れない？」

「ああ、いいよ。次の週末とかはどう？」

わたしはうめいた。「ううん、たとえば、きょうってこと。ねえ、いますぐ出られない？」彼も前もって予定を立てて行動するのが好きなのはわかってるけど、すぐに来てほしかった。

「テッサ、放課後には練習があるんだ。いまはまだ学校。ランチの途中だよ」

「お願い、ノア。会いたくてたまらないの。こっちで週末を過ごさない？　ねっ、頼むから」

「うん……わかった、いいよ。いますぐ出る。ねえ、だいじょうぶ？」

幸せで弾けてしまいそう――わがままにつき合うのが嫌いなノアがうんと言ってくれたのに驚いたけど、ほんとうにうれしかった。「うん、あなたがいなくてさみしいだけ。だって、もう二週間も会っていないんだもの」

ノアは声を立てて笑った。「ぼくもさみしいよ。早退届を出したらすぐ出発するから、三時間後には会える。愛してるよ、テッサ」

「わたしも」そう言って電話を切った。これでよし。ふらふらとパーティーに行ってしまう可能性はなくなった。


ようやくほっとして、文学の授業のために、古いすてきなれんが造りの建物へ歩く。でも、ランドンの机に覆いかぶさるようなハーディンを見た瞬間、さっきまでの安堵感は消えてしまった。

急いで行くと、ハーディンは机に手をたたきつけて低くうなった。「そんな戯言《たわごと》を二度と言うな、このくそ野郎」

ランドンは立ちあがろうとしたが、ハーディンとけんかをするなんて狂気の沙汰だ。

体格はがっちりしているものの優しい彼が、人を殴るなんて想像もできない。

　ランドンから引き離そうと、わたしはハーディンの腕をつかんだ。もう一方の手が挙がるのを見てびくっとしたけど、彼はわたしだとわかったとたん、手を下ろして小声で悪態をついた。

「彼にかまわないで、ハーディン！」大声で怒鳴ってランドンに向き直る。彼はハーディンと同じくらい激怒していたものの、腰を下ろした。

「自分のことだけ心配してろ、テレーサ」嫌味な口調で言って、ハーディンは席に着いた。なんで、後ろのほうに行かないの？

　わたしはふたりのあいだに座ってランドンにささやいた。「だいじょうぶ？　なんだったの？」

　彼はハーディンのほうを見てため息をついた。「とにかく、むかつく男だ。簡単に言えば、そういうことさ」わざと大声で言って、にやりとする。

　わたしはほっとして背筋を伸ばした。隣でハーディンの荒い息が聞こえて、ふとあることを思いついた。すごく子どもっぽいけど、とりあえず実行に移してみる。

「いい知らせがあるの！」上機嫌な声をつくってランドンに言う。

「へえ、何？」

「ノアがやってきて、週末はずっとこっちにいてくれるんだって！」わざとらしいのは百も承知だけど、にっこりしながら両手をたたいてみせる。ハーディンがこちらを見た。わたしの話もちゃんと聞こえたはずだ。

「ほんと？　それはよかったね！」ランドンは心の底から喜んでくれた。

授業が終わるまで、ハーディンはひとことも話しかけてこなかった。これからずっとそうでも、全然困らないけど。よい週末をとランドンに挨拶して、寮の部屋へ戻った。ノアが来る前に何かお腹に入れておきたかったのだ。メイクを直しながら、自分の姿がおかしくて笑ってしまった。いつから、ボーイフレンドが来る前にこんなことをするような子になったの？　きっと、ハーディンと小川に行ったあの日からだ。あの経験がわたしを変えた。もっとも、そのあとすぐに傷つけられたせいで、また別の方向に変わったわけだけど。メイクがどうのというのは些末なことだが、彼の影響は否めない。

わたしはスナックを食べてから、ステフの服を畳んでドレッサーにしまった。おせっかいだけど、彼女は気にしないだろう。到着したとノアからメールが来たので、ベッドから飛び下りて寮の外へ急ぐ。ネイビーブルーのパンツ、クリーム色のカーディガンの下に白いシャツという姿が前にもましてすてきだ。よくカーディガンを着ているのは確かだけど、わたしは好きだ。温かい笑顔が胸にしみる。彼はわたしを抱き締め、会えてうれしいと言ってくれた。

寮に戻ろうと歩く途中で、彼はこちらを見て言った。「メイクしてるの?」
「うん、ちょっとだけ。あれこれ試行錯誤してる途中なの」
「似合ってるよ」ノアはにっこりして、おでこにキスしてくれた。

結局、どの映画を見るのか、ネットフリックスのラブコメディのセクションからふたりで探すことにした。ステフからメッセージがきて、トリスタンといっしょにいるから今夜は戻らないという。わたしは明かりを消して、ノアとベッドのヘッドボードにもたれて座った。彼が肩に腕を回してきたので、胸に頭をもたせかける。

これこそ、ほんとうのわたしだ。不良のTシャツを借りて、小川で泳ぐようなワイルドな子じゃない。

聞いたことのない映画を見始めて五分もしないうちに、ドアがぱっと開いた。ステフが忘れ物でもしたのだろうか。

でも、それはハーディンだった。ノアとベッドでふたり、テレビ画面の明かりに照らされながら寄り添う姿を見られて、わたしは赤面した。彼はノアにすべてぶちまけるつもりでやってきたのだ。パニックに駆られてボーイフレンドから体を離したのを、わたしは驚いて飛び退いたように取り繕った。

「何してるの? 勝手に入らないで!」

「ステフと待ち合わせしてる」ハーディンは笑顔で腰を下ろした。「よう、ノア、また会えてうれしいよ」彼がにやりとすると、ノアは落ち着かない表情になった。ハーディンがなぜこの部屋の鍵を持っているのか、どうしてノックもせずに入ってくるのか、きっと不思議に思っているだろう。

「彼女はトリスタンといっしょ。たぶん、あなたのフラタニティハウスに行ってる」早く帰ってと祈りながら、落ち着いた声で答える。いまここでノアにバラされたら、わたしは立ち直れない。

「そうか？」小ばかにしたような薄笑い。いやがらせのために来たのだとわかる。わたしがノアにぜんぶ白状するまで、彼はここにいるつもりだ。「きみたちふたりとも、パーティーに来るのか？」

「いいえ……行かない。映画をみるつもり」と答えると、ノアは手を伸ばしてわたしの手に触れた。暗いなかでも、ハーディンの目がそこだけを見つめているのがわかる。

「残念だな。じゃあ、もう行くよ……」ハーディンがドアのほうを向いたので、すこしほっとした。でも次の瞬間、彼はこちらに顔だけ向けて言った。「そうだ、ノア」心臓が飛び出そうになる。「そのカーディガン、似合ってるよ」

わたしは、いつの間にか詰めていた息を吐いた。

「どうも。Ｇａｐで買ったんだ」ノアは、ハーディンにコケにされたのにも気づいていない。

「やっぱりな。まあ、ふたりで楽しくやってくれ」ハーディンは捨て台詞とともに部屋を出ていった。

28章

「そんなに悪いやつじゃないみたいだね」ドアが閉まるとノアが言った。

思わず笑顔が引きつる。「えっ？」彼が物問いたげに眉をあげるので、わたしは話を続けた。「なんでもない、そんなこと言われて驚いただけ」そして、ノアの胸にもたれる。ついさっきまで部屋に充満していた緊張感はもう、消えていた。

「彼と友達になりたいとは思わないけど、じゅうぶん愛想よく見えたよ」

「愛想がいいなんて、ハーディンにはほど遠い言葉だわ」そう言うと、ノアはくすくす笑いながら肩に腕を回してきた。ハーディンとのあいだに何があったのか知られたら……ふたりでどんなキスをしたか、あんなことをされて彼の名前を呼びながら——

テッサ、いい加減にして。顔を上げてあごにキスをすると、ノアはほほ笑んだ。ハーディンがしたように、ノアにも感じさせてほしかった。体を起こして彼のほうを向き、両手で顔をはさんで唇を押し当てると、彼も口を開けてキスを返してきた。柔らかな唇……いつものキスと同じだ。これではもの足りない。もっと、燃えるような情熱が欲しい。わたしは両手を彼の首に回して、ひざの上ににじり寄った。

「ワオ、テッサ、何してるの?」ノアはさりげなくわたしを下ろそうとした。

「そんな……なんでもない、ただ……あなたといちゃいちゃしたいだけ……だと思う」わたしはうつむいた。ノアの前で恥ずかしい思いをした経験なんてないけど、こんな会話をしたこともなかった。

「そうか」彼が返事をしたので、またキスをした。ほんのり温もりは感じたものの、炎はおこらない。どうにかして火を点けようと、わたしは腰を動かした。ノアの両手がウエストに下りてきたものの、わたしの腰の動きをとめようと押さえつけてくる。結婚するまで待とうとふたりで決めたのは覚えてるけど、こうしてキスしてるのに。わたしは彼の両手を引き離し、さらに腰を押しつけた。いくらハードなキスをしても、ノアの唇はおずおずとしたままで、最後まで炎は燃えあがらなかった。彼も興奮しているのは感じられるのに、それを行動に移そうとしないのだ。

不純な動機でこんなことをしてるのは自分でもわかってるけど、いまはかまっていられなかった――ハーディンのすることは、ノアにだってできると確かめたかった。わたしが求めているのはハーディンじゃない、彼が起こしたあの感覚だけ……そうだよね？

　ノアにキスするのをやめて、ひざから下りる。

「よかったよ、テッサ」ほほ笑む彼に、わたしも笑みを返した。〝よかった〟だけなんだ。すごくまじめで慎重な人。でも、彼を愛している。映画のプレイボタンを押してまもなく、わたしはうとうとし始めた。

「もう行かなくちゃ」とハーディンが言う。こちらをのぞきこむ緑の瞳。「どこへ？」そばにいてほしいのに。「近くのホテルに泊まるよ、朝になったらまた来る」そう言う彼をしばらく見つめていると、目の前がぐらりと揺れて、ハーディンの顔がノアに変わった。

　はっと体を起こして目をこする。ノア、ノアだ。ハーディンなんかじゃない。

「すごく眠そうだし、ぼくはここには泊まれない」ノアの穏やかな声に、わたしは顔が真っ赤になった。

　ほんとは泊まってほしいけど、いまはほんとに眠くて、自分でも何を口走るかわからない。それにノアは、わたしの部屋に泊まるのはよくないと思っている。彼とハーディンは、あらゆる部分においてまったくの正反対だ。

「わかった。来てくれてありがとう」低い声でつぶやくと、ノアはほほにそっとキスしてから体を起こした。

「愛してるよ」わたしは、彼の言葉にうなずきながら枕に頭をのせて、覚えてもいない夢のなかへと落ちていった。

翌朝、ノアからの電話で起こされた。こちらへ向かっていると言うので、ベッドから転げ落ちるようにしてシャワールームへ急ぐ。きょうは彼と何をしようか。街に行かないかぎり、キャンパス周辺でできることはあまりない。ランドンにメールして、フラタニティハウスでのパーティー以外にすることはないか質問すればよかった。相談できるような友達は、彼しか思いつかない。

教会に着ていくような服だと頭の隅でささやくハーディンの声には取り合わず、グレーのプリーツスカートとふつうの青いシャツを着ることにした。

髪にタオルを巻いて戻ってくると、ノアは部屋の外の廊下で待っていた。「すてきだね」とにっこりほほ笑み、ドアを開けるわたしの肩にそっと腕をまわす。

「あとは髪を整えて、ちょっとメイクするだけよ」ステフが置いていってくれたことに感謝しながら、わたしは彼女のメイク道具をひっつかんだ。ちょっとしたお化粧でがらりと変身するのがわかったから、自分用のを買わなくては。

髪を乾かして毛先をカールするあいだ、ノアはベッドで待っていた。わたしはメイクをする前に手を止め、ほほにキスしてあげた。「きょうは何をしたい？」マスカラを塗り、髪に手を梳きいれてふわふわに膨らます。

「大学がほんとに合ってるんだね、テッサ。こんなに楽しそうなきみは初めて見たよ。そうだな、公園に行ってから、夜は外食でもする？」

わたしは時計を見た。もう一時だなんて、あり得ない。きょうはずっと外出しているとステフにメールすると、彼女も明日まで帰ってこないと返事がきた。週末の彼女は、ハーディンのフラタニティハウスに住んでいるも同然だった。

ノアが車の助手席のドアを開けてくれた。トヨタの車だ。ご両親がうるさく言うので、彼はいつも、いちばん安全な車の最新型に乗っている。車内には一点の染みもなく、本の山も汚れた服もない。あたりをすこし走ると、公園が見つかった。緑と黄色の混じった草のなかに何本か樹が生えている、静かでこぢんまりとした場所だ。

車を止めながらノアが言った。「ねえ、車探しはいつ始めるの？」

「実は今週。仕事探しも」ヴァンス社でのインターンシップについては黙っておいた。ハーディンがわたしの目の前にぶら下げたその話がまだ、ありなのかどうかもわからないし、もし受かっても、どうやってノアに言えばいいのだろうか。

「そうか。車の件でもインターンシップでも、ぼくにできることがあったらなんでも言ってくれ」

公園のなかをひと巡りして、ピクニックテーブルに腰を下ろした。話をするのはノアで、わたしはもっぱら聞き役だった。途中、ぼうっとして会話が頭に入ってこないことがあったけど、彼は気づかないようだった。すこし歩くと、小さなせせらぎが流れているところに出た。忘れたいのに、ハーディンを思い出させるものに出くわすなんて……皮肉な展開に顔をしかめていると、ノアが不思議そうにこちらを見た。

「ねえ、泳ぎたい?」なぜ、墓穴を掘るようなことを言ってしまったのだろう。

「あそこで? とんでもない」笑いながらそう言われて気分が下がったが、わたしは心のなかで自分を叱った。ノアをハーディンと比べるのはやめなさい。

「冗談だってば」わたしはうそをつき、ノアを引っぱって小道に戻った。


公園を出るころには七時を過ぎていたので、寮に戻ったらピザのデリバリーを頼んで、名作映画を見ることにした。メグ・ライアンがラジオ番組を通じて、トム・ハンクスと恋に落ちるやつだ。ピザが来たときにはもうお腹ぺこぺこで、わたしは半分近くを一気食いした。言い訳になるけど、一日じゅう何も食べていなかったからだ。

映画のなかばを過ぎたところでわたしのスマホが鳴ったのを、ノアが手を伸ばして取ってくれた。「ランドンって、誰?」疑うのではなく、単なる好奇心といった声。ノアは嫉妬するようなタイプじゃないし、そんな必要もなかった。

いままでは、ね。心のなかで小さな声がつぶやく。

「大学の友達よ」わたしは電話に出た。こんな遅い時間に、なぜ？　ノートの突き合わせ以外にかけてきたことなんてないのに。

「テッサ？」大きな声が聞こえてきた。

「どうしたの、だいじょうぶ？」

「いや、実はだいじょうぶじゃないんだ。ノアが来てるのはわかってるんだけど……」

「何があったの、ランドン？」心臓がどきどきしてくる。「けがとかしたの？」

「ああ、ぼくじゃない、ハーディンなんだよ」

急にパニックに襲われた。「ハ、ハーディン？」

「うん。住所を言ったら、こっちへ来れないかな？　頼むよ」何かがぶつかって壊れる音。頭の回転が追いつく前に、わたしはベッドから飛び下りて靴を履いていた。シンクロするようにノアも立ちあがる。

「ハーディンに危害でも加えられそうなの？」それ以外の可能性が思いつかない。

「違う、違うよ」

「住所をメールして」そう言うそばからまた、ガシャンと音がした。

わたしはノアのほうを振り向いた。「車を貸して」

彼は首を傾《かし》げた。「どうしたの？」

「わかんない……ハーディンが関係してるみたい。早く、キーをちょうだい」強い口調とともに手を出す。

ノアはポケットからキーを出したものの、簡単には渡してくれなかった。「ぼくも行く」

わたしは鍵を引ったくって首を横に振った。「だめ、だって……ひとりで行かなくちゃ」

その言葉がノアを傷つけた。心をえぐられたような顔をしている。ここに彼を残していくのは間違ってるけど、ハーディンのところへ一刻も早く向かわなければ。いまのわたしには、それしか考えられなかった。

29章

ランドンのショートメールにはコーネル・ロード二八七五番地とあった。スマホの地図アプリにコピペすると、車で十五分の距離と出た。彼が助けを求めてくるなんて、いったい何が起こっているのだろう。

相変わらず訳がわからないまま、言われた住所に着いた。ノアから二度電話がかかってきたものの、わたしは無視した。画面にナビを表示しておく必要があったし、彼をひとり残してきたときの困惑したような表情が頭から離れなかったからだ。

通りに並ぶのは邸宅といった感じのものばかりだったが、とりわけこの家は、わたしの実家のすくなくとも三倍はありそうだ。緩やかに傾斜した芝生に立つ、昔ながらのれんが造りの家。まるで、丘の上のお城のようで、街灯の明かりの下でもじゅうぶん美しかった。ハーディンの父親の家に違いない。大学生の所有物のはずがないし、ランドンがいる理由としてはそれしか考えられない。わたしは深呼吸して車を降り、ポーチへの階段をのぼった。ダークマホガニーのドアを強くノックすると、たちまち開いた。

「テッサ、来てくれてありがとう。ごめんね、ノアが来てるのはわかってたんだけど。彼もいっしょ？」なかへ入るよう身振りで示しながら、ランドンは車のほうを見た。

「ううん、彼は寮にいる。いったいどうしたの？　ハーディンはどこ？」

「裏庭だ。抑えがきかなくなってる」ランドンはため息をついた。

「それで、わたしが呼ばれたのはどういう……？」できるだけ落ち着いた口調で尋ねてみた。抑えのきかない状態のハーディンが、わたしになんの関係があるというのだろうか。

「なんていうか……彼を嫌ってるのはわかってるけど、まともに話せるのはきみぐらいだから。ハーディンは泥酔状態で、いまにもけんかを吹っかけてきそうな勢いなんだ。いきなりやってきて父親のスコッチの瓶の封を切り、もう半分も空けちゃったんだよ！　それから、物を壊し始めた。母の食器をすべて、それにガラスのキャビネット……文字どおり、手をかけたものは全部」

「えっ？　どうして？」ハーディンはお酒を飲まないと言っていたのに——それも、うそなの？

「父親に、ぼくの母と結婚すると聞かされたらしい……」

「なるほど」でも、まだ頭が混乱している。「ハーディンは、ふたりに結婚してほしくないってこと？」質問しながらランドンのあとについて大きなキッチンに入ったわたしは、ハーディンがめちゃくちゃにした室内に息をのんだ。床には壊れた食器類が散らばり、大きな木製キャビネットがひっくり返ったままで、ガラスの間仕切り板も粉々だ。

「いや、話せば長くなる。ハーディンの父親は彼に電話して告げたあと、ふたりでお祝いをするといって母と週末旅行に出かけた。ハーディンがここへ来たのは、父親と対決するためだろう。いままで一度も来たことなかったのに」ランドンは説明しながら裏口のドアを開けた。

裏庭の小さなテーブルに座る人影が見えた。ハーディンだ。

「期待にそえるかどうかわからないけど、やってみる」

ランドンがうなずいた。身を屈めて、わたしの肩に手を置く。「やつはきみの名前を大声で呼んでいた」と告げられて心臓が止まりそうになった。

歩いていくと、ハーディンは顔をあげてこちらを見た。目は真っ赤に充血していて、髪は灰色のニットキャップで隠れている。大きく見開かれた目がどす黒くなっていくのを見て、後ずさりしたくなる。薄ぼんやりした中庭の明かりの下で見る彼の姿は怖いぐらいだった。

「どうしてここへ来た――」ハーディンは叫びながら立ちあがった。

「ランドンが……彼は……」つい口にしてしまったのを後悔した。

「くそっ、おまえが電話しやがったのか？」ハーディンに怒鳴られて、ランドンは家のなかへ戻った。

「ランドンは関係ないでしょ――彼だってあなたを心配してるのに」わたしはぴしりと言った。

ハーディンはまた腰を下ろして、わたしにも座れと身振りで示す。向かいに腰かけて見ていると、ほとんど空に等しいスコッチの瓶をつかんで口に持っていった。ぐいと飲むたびに喉仏が動く。飲み終えた瓶をガラスのテーブルに乱暴に置いたので、わたしは飛び上がった。瓶かテーブル、あるいは両方とも割れてしまいそうだ。

「ああ、きみたちふたりはたいしたもんだな。何ひとつ意外性というものがなくて、つまらない。ほら見て、かわいそうなハーディンが理性を失ってる。きみたちは一致団結して、おれが安物の陶磁器を壊したことに罪悪感を抱くよう仕向けているんだ」いかにもむかつく独り善がりな笑みを浮かべながら、彼はろれつの回らぬ口調でぐだぐだと言った。

「お酒は飲まないんじゃなかったの？」わたしは腕組みをしてにらんだ。

「飲まないよ、いままではな。保護者ぶった態度をとるのはやめろ、きみだっておれと同類のくせに」ハーディンは酒瓶をつかんでまた、ひと口あおった。

酔っぱらっている彼が怖いのは確かだけど、近くにいると体に息吹が吹き込まれるような気がする。恋しかったのは、彼が与えてくれるこの感覚だ。

「わたしのほうがまともな人間だなんて言った覚えはないけど？　どうしていまになってお酒を飲んでいるのか、それを知りたいだけ」

「きみになんの関係がある？　〝ボーイフレンド〟はどこだよ？」燃えるような瞳で見つめられて、わたしは視線をそらした。瞳の裏に隠れている感情がなんなのか、それさえわかれば……もしや、憎しみだろうか。

「ノアは寮の部屋にいる。ねえ、あなたを助けたいだけなんだってば」テーブルの上に身を乗り出して触れようとしたが、彼はさっと手を引っこめた。

「おれを助ける？」とばかにしたような笑い声。こんな憎まれ口をたたくなら、どうしてわたしの名前を呼んだのかと尋ねたくなるけど、ランドンの信頼を裏切るわけにはいかない。「なら、ここから出ていけよ」

「何があったか、それだけでも話してくれない？」わたしは指先を見つめて言った。

ハーディンはため息とともにニットキャップを脱ぐと、髪をかきあげてからまた被り直した。「親父はついさっき、カレンと結婚すると伝えてきた――結婚式は来月だとさ。もっと前に教えてくれてもよかっただろうに、電話一本ですませやがって。善い子ちゃんのランドンはしばらく前から知ってたはずだ」

正直に話してくれるとは思わなかったので、なんと返事をしたらいいのかわからない。「黙っていたのは、お父さんなりの理由があると思うけど」

「きみは、親父がどんな人間か知らない。やつは、おれのことなんてなんとも思ってないんだ。去年、おれがやつと何回、話をしたと思う？　両手の指が余るぐらいだよ！　やつが気にかけているのは立派な大邸宅ともうじき妻になる女、それに新しくできた完璧な息子だけさ」ハーディンは早口でまくしたてると、スコッチをまた飲んだ。わたしは黙ったまま耳を傾けた。「イングランドに住むおれの母親のみすぼらしい家を見ろ。母さんは気に入ってるって言うけど、そんなのうそっぱちだ。この屋敷の親父の寝室より狭いんだぞ！　母さんは大学進学のためと言って、無理やりおれをアメリカに来させた――親父との関係がすこしでもよくなるように――なのに、このざまだ！」

思いがけない告白で、彼のことがずっとよくわかったような気がした。ハーディンは傷ついている。だからこそ、こんなふるまいをするのだ。

「お父さんが出ていったとき、あなたは何歳だった？」

彼は警戒するような目でこちらを見たものの、質問に答えた。「十歳。だが、その前だって親父は家にいたわけじゃない。毎晩、違うバーで飲んだくれてた。それが、いまじゃミスター・パーフェクトみたいな顔をして、こんな見せかけだけの生活を享受してる」ハーディンは大邸宅をさっと手で示した。

父親は、ハーディンが十歳のときに出ていった。わたしと同じだ。しかも、どちらもアルコール依存者だなんて、思った以上にわたしたちは似ているのかもしれない。傷ついて酔っぱらっているハーディンは、わたしが知っている自信満々の彼よりずっと幼く、もろく壊れそうに見えた。

「お父さんが出ていったのはお気の毒だと思うけど――」

「やめろ、同情なんか欲しくない」

「同情じゃない。わたしはただ――」

「なんだよ？」

「あなたを助けたいの。あなたのために、ここにいたい」わたしは静かな声で言った。

ハーディンはほほ笑んだ。簡単には忘れられないほど美しい笑顔を目の当たりにして、これで彼の力になれると期待した。でも心のどこかでは、そんなにうまくいくわけがないともわかっていた。

「どうしようもなくみじめなやつだな。いてほしくないって思われてるのがわからないのか？　おれのために来る必要なんてない。ちょっといちゃついたからって、きみと関わり合いたいわけじゃない。なのに、品行方正なボーイフレンド——きみといっしょにいるべきまっとうな男——を置いてここに来て、おれを〝助けよう〟だなんて。テレーサ、それこそがみじめって言葉の定義だよ」指で引用符を作って、みじめという言葉を強調する。

思ったとおり、悪意に満ち満ちた声に一瞬ひるむが、わたしはハーディンをじっと見た。「それは本心じゃないよね」つい一週間前、声をあげて笑う彼に川で放り投げられたのを思い出す。ハーディンはすごく芝居がうまいのか、それとも、とんでもないうそつきなのだろうか。

「あいにく、本心だ。もう寮に帰れ」彼が口元に持っていこうとした瓶を、わたしはテーブル越しにひったくって庭へ放った。

「なんだってんだよ？」

怒鳴るハーディンを無視して裏口へ向かうと、彼はわたしの前をふさぐようにあわてて立った。「どこへ行く？」そして、触れそうなほど顔を近づけてくる。

「あなたがめちゃめちゃにしたキッチンをランドンが片づけてるから、それを手伝ってから寮に戻る」思っていたよりも落ち着いた声で答えた。

「どうして、やつを手伝おうとするんだ？」嫌悪感もあらわにハーディンが言う。

「あなたと違って、ランドンはそれに値する人間だから」彼はがくりと頭を垂れたが、もっときつい台詞を言ってやればよかった。ひどいことを言われた仕返しに叫んでやりたいけど、それこそ彼が望むもの。周囲の人間を傷つけて、そのせいで起こるごたごたを眺めて笑う。彼がやっているのはつまり、そういうことだ。

ハーディンは黙ったまま、わたしの前からよけた。

なかへ入ると、ランドンはキャビネットを起こそうとしていた。

「箒はどこ？」

彼は助かるよと言いたげな笑みを見せた。「ああ、そっちにある。どうもありがとう」

わたしはうなずいて、粉々にされた食器類を掃き集めた。信じられないほどの量だ。旅行から戻ってきて、食器がすべて割れてなくなったと知るランドンのお母さんを思うと、ひどくつらい。思い出やゆかりのある品でなければいいのだけど。

「痛い！」指に小さなガラス片が刺さり、わたしは声をあげた。板張りの床に血がぽたぽたと落ちたので、急いでシンクに行く。

「だいじょうぶ？」とランドンが心配そうにのぞきこむ。

「うん。小さな破片なのに、どうしてこんなに血が出るんだろう」実際、それほど痛くはなかった。冷たい水を指にかけながら目をつぶっていると、数分後に裏口のドアが開いた。はっと振り向くと、戸口にハーディンが立っていた。

「テッサ、話せないか？　頼む」

ノーと言うべきだとわかっていたけど、目のまわりを赤くした彼の様子に、わたしはうなずいた。彼はわたしの指に、それから床に垂れた血に目を走らせた。

そして、急いでこちらへ歩いてくる。「だいじょうぶか？　何があった？」

「なんでもない。小さな破片で切っただけ」

ハーディンは、流水の下にあったわたしの手を引っぱった。触れられて電気が走る。

彼はわたしの指を見て顔をしかめたものの、すぐに離してランドンのところへ歩いていった。どうしようもなくみじめなやつとわたしを罵ったばかりなのに、けがしたことを心配するの？　彼といると頭がおかしくなりそうだ――精神的に参ってしまう。

「バンドエイドは？」ハーディンは命令するも同然の口調でランドンを問いつめた。

バスルームだと教えてもらうと、一分もしないうちに戻ってきて、わたしの手をふたたびつかんだ。最初に抗菌ゲルを傷に塗り、バンドエイドをそっと巻く。ランドンの目があるところでハーディンにこんなに優しくされるのに困惑して、わたしは黙ったままでいた。

「話を聞いてくれないか？　頼むから」だめだとわかっているのに、ことハーディンが関わると、してはいけないことばかりしてしまう。

うなずくと、手首をつかむ彼に外へ連れていかれた。

30章

裏庭のテーブルに戻ると、ハーディンは手を離して椅子を引いてくれた。触られていたところが熱く感じられて指でさすっていると、彼は別の椅子をつかみ、コンクリート床の上を引きずるように持ってきて真向かいに座った。膝が触れ合いそうなほど近い。

「話したいことなんて、どこにあるって言うの？」

彼は深く息を吸い、ニットキャップをまた脱いでテーブルに置いた。長い指がふさふさの髪を梳くのを見ていると、彼はわたしの目をのぞきこんできた。

「すまなかった」思い詰めた様子に、わたしが顔を背けて裏庭の大きな樹を見つめていると、ハーディンは身を乗り出してきた。「聞こえたか？」

「聞こえた！」ぴしゃりと言い返して、彼をにらむ。毎日のようにひどいことをしてきたくせに、ごめんと言えば許されると思ってるなら、ハーディンの頭は想像以上にまともじゃない。

「きみは気難しすぎて、つき合いづらい人間だな」彼は椅子の背にもたれた。地面に放った酒瓶をいつの間にか持っていて、それをまたあおる。まるまる一本空けそうなのに、まだ酔いつぶれてないってどういうこと？

「わたしが？　冗談言わないで！　どうしろって言うの？　意地悪ばかりしてきたのはあなたのほうなのに——こんな……」わたしは下唇を噛んだ。彼の前ではもう絶対泣かないと決めたのだ。ノアに泣かされたことは一度もない。長いつき合いのなかで二、三度けんかはしたけど、泣くほど怒ったことはなかった。

ハーディンの低く静かな声が夜風に響く。「そんなつもりはなかった」

「うそばっかり、自分でもわかってるくせに。ちゃんとわかっててやってたでしょう？　こんなひどい扱いを受けたのは生まれて初めて！」わたしは唇をさらに噛んだ。喉の奥が詰まる。でも、ここで泣いたらハーディンの勝ちだ。それが彼の狙いなんだから。

「じゃあ、どうしてきみはいつも、おれのまわりをうろちょろする？　なぜ、すぱっとつき合いを断たないんだよ?」

「それは……そんなの知らない。でも、明日からはそうする。文学の授業は放棄して、次の学期で履修するから」

「やめてくれ、そんなことするな」

「あなたに関係ある? わたしみたいにみじめな人間とは関わりたくないんじゃなかった?」怒りが頂点に達しそうだ。ハーディンがわたしを傷つけるときみたいにひどいことを言って、思いきりへこませてやりたい。

「そんなつもりで言ったんじゃ……みじめなのは、おれのほうだ」

わたしはハーディンを見据えた。「それについては同感よ」

彼がまたひと口飲んだので、わたしはスコッチの瓶に手を伸ばしたが、さっとかわされてしまった。

「酔っぱらっていいのはあなただけってこと?」そう聞くと、彼は苦笑いを浮かべた。テラスの灯りに照らされて、眉のリングピアスが光る。

「また放り投げられるかと思ったんだよ」

わたしは瓶を口元に持っていった。温いお酒の薬臭い味にむせると、ハーディンは愉快そうな笑みをもらした。

「しょっちゅう飲むの? 一度もないようなことを言っていたのに」彼が答える前に、

怒りのモードに切り替えなければ。

「今夜は半年ぶりだ」自分を恥じるように、ハーディンが床に視線を落とす。

「あなたは飲んじゃいけない。飲むと、いつにもまして悪い人間になるから」

地面をまだ見つめたままハーディンは真顔になった。「おれが悪人だと思うか？」

自分が善人じゃないかと思うほど酔っぱらっているの？

「ええ」

「おれは悪い人間じゃない。いや、そうかもしれないけど、きみには……」ハーディンは言いかけたのをやめて体を起こし、椅子の背にもたれた。

「どうしてほしいの？」何を言うつもりだったのか聞き出さなくては。スコッチの瓶を渡したが、彼はそれをテーブルに置いた。わたしはもう飲みたくない。ハーディンに関して間違った判断ばかりしていることを思うと、ひと口でも多すぎるくらいだ。

「いや、なんでもない」彼はそう言ったけど、うそだ。

そもそも、どうしてわたしはここにいるの？　ノアが寮の部屋で待っているのに、ハーディンのせいで時間を無駄にしている。「もう行かなくちゃ」立ちあがって、裏口のほうへ向かおうとした。

「行くな」すがるような小さな声に、思わず足が止まる。振り向くと、三十センチも離れていないところにハーディンがいた。

「なんで？　まだ侮辱し足りないの？」大声で言って踵《きびす》を返したが、腕をつかむ彼のほうを振り向かされた。

「おれを見捨てるな！」

「とっくの昔に見放しておくべきだったのよ！」怒鳴り返して、彼の胸を押しのける。「どうして自分がここにいるのかもわからない！　ランドンに電話をもらってすぐ来たのに！　ボーイフレンドを——わたしのそばにいるべきただ一人の人物を放って、あなたのために駆けつけたのに！　あなたの言うとおり、わたしはみじめな人間ね。わざわざここへ来て、なんとか——」

言いかけた文句は、重ねた唇で封じられた。やめさせようと腕を押しても、びくともしない。キスを返したいと体じゅうが言うのを、わたしは無視した。彼は舌でわたしの唇をこじあけ、強く抱き締めて引き寄せようとする。押しのけようとしても無駄だ。ハーディンのほうが力があるのだから。

「おれにキスしろ、テッサ」唇を重ねたまま彼が言う。

首を横に振ると、いらだたしそうなうなり声がした。「お願いだ、キスだけでいい。おれにはきみが必要なんだ」

その言葉に、張りつめていた気持ちがぱっと解《ほど》けた。道徳心のかけらもない酔っぱらいがわたしを必要だと言ったのが、愛の詩を捧げられたように聞こえた。ハーディンは麻薬みたいだ。ほんのすこし受け入れるたび、もっと欲しくなる。わたしの思いにそっと忍びこみ、夢にまで踏みこんでくる。

口を開けた瞬間にふたたび唇を重ねられたが、こんどはわたしも抵抗しなかった。というより、抵抗できなかった。問題が解決したわけではないし、ますます深みにはまるだけだけど、もうかまわない。いま大切なのは〝きみが必要だ〟という、彼の切ない言葉だけだ。

わたしがどうしようもなくハーディンを欲しいのと同じくらい、彼もわたしを求めてる？　とても、そうは見えないけど、いまだけはそう信じたい。彼は片手でわたしのほほをそっと包みこみ、舌で下唇をなぞった。思わず身震いすると、ほほ笑んだ彼の口ピアスに唇の端をくすぐられる。その瞬間、かさっという音がして、わたしは思わず体を離した。ハーディンはキスをやめるのを許してくれたけど、わたしをきつく抱いたまま体を押しつけてくる。とんでもない判断ミスを犯している現場を、ランドンに見られていないだろうか。裏口のほうに目をやったが、彼の姿はなかった。

「ほんとうにもう帰らなくちゃ。こんなこと、いつまでも続けられない。わたしたちどちらにとってもよくないもの」

「続けられるさ」彼は、下を向いたわたしのあごに手を添えて、無理やり目を合わせた。

「だめ。あなたはわたしを嫌ってるし、あなたのサンドバッグになるのはもういやなの。混乱させられるんだってば。わたしにはもううんざりと言ったかと思えば、人生でもっとも親密な経験のあとに、侮辱するような言葉をぶつけてくるし」口を差し挟もうとするハーディンの桃色の唇に指を当てて、わたしは続けた。「なのに、つぎの瞬間にはキスをして、わたしが必要だと言う。あなたといるときの自分が嫌いなの。ひどいことを言われたあとの気分も最悪」

「おれといっしょにいるときのきみって、どんな人間だ？」緑色の瞳がこちらの表情をうかがいながら答えを待っている。

「わたしがなりたくない人間。ボーイフレンドを裏切り、いつも泣いてばかりいる」

「おれといっしょにいるときのきみがどんな人間だと思っているか、わかるか？」ハーディンの親指にあごをなぞられながらも、気をそらされないよう必死にあらがう。「どういうこと？」

「きみ自身だ。いまの姿がほんとうのきみだよ。きみは、まわりにどう思われているか気にし過ぎている」

どう受けとめたらいいのかわからない。でも、とても率直な意見に聞こえたので、すこし考えてみた。「きみに指で悦びを与えたあとにおれが何をしたか、ちゃんと覚えてる」わたしの不愉快そうな顔を見て彼は続けた。「あれは……悪かったよ。自分でも間違ってると思ったし、きみが車を降りたあと、ひどい自己嫌悪に陥った」

「ほんとに？」ひと晩じゅう泣き明かしたことを思い出して、言い返す。

「ほんとうだ、誓ってもいい。いやなやつだと思われてるのはわかってる……でも、でも、きみは――」ハーディンは言葉を切った。「いや、なんでもない」

　どうして、彼はいつも途中で話をやめるの？

「最後まで言いなさい。じゃないと、いますぐ帰るから」

　こちらを見つめる瞳がゆっくり熱を帯びる。うそであれ真実であれ、すべての言葉に意味があるように唇がゆっくり開くのを見ながら、わたしは返事を待った。「きみは……きみのせいで善人になりたいと思ってしまう。きみのために……おれは、きみのためにまっとうな人間になりたいんだ」

（第2巻へつづく）

本書のプロフィール

本書は、二〇一四年にアメリカで刊行された小説「AFTER」を、国内で初めて邦訳し出版するものです。

小学館文庫

AFTER 1

著者　アナ・トッド
訳者　飯原《いいはら》裕《ひろ》美《み》

二〇一五年十二月十三日　初版第一刷発行

発行人　菅原朝也
発行所　株式会社　小学館
〒一〇一-八〇〇一
東京都千代田区一ツ橋二-三-一
電話　編集〇三-三二三〇-五六一七
　　　販売〇三-五二八一-三五五五
印刷所――図書印刷株式会社

この文庫の詳しい内容はインターネットで24時間ご覧になれます。
小学館公式ホームページ　http://www.shogakukan.co.jp

ISBN978-4-09-406153-6